CUNEI
FORM
铸刻文化

單讀 One-way Street

林桂枝 杨京京 著

# 同窗：妈妈女儿共读书

上海文艺出版社

图书在版编目（CIP）数据

同窗：妈妈女儿共读书 / 林桂枝，杨京京著. --
上海：上海文艺出版社，2023
（单读书系）
ISBN 978-7-5321-8737-9

Ⅰ. ①同… Ⅱ. ①林… ②杨… Ⅲ. ①读书笔记－中国－现代 Ⅳ. ① G792

中国国家版本馆CIP数据核字(2023)第070592号

发 行 人：毕　胜
责任编辑：肖海鸥
特约编辑：赵　芳　罗丹妮
封面设计：Tik Lau
内文制作：Tik Lau　李俊红

书　名：同窗：妈妈女儿共读书
作　者：林桂枝　杨京京
出　版：上海世纪出版集团　上海文艺出版社
地　址：上海市闵行区号景路159弄A座2楼　201101
发　行：上海文艺出版社发行中心
　　　　上海市闵行区号景路159弄A座2楼206室　201101　www.ewen.co
印　刷：山东临沂新华印刷物流集团有限责任公司
开　本：850×1092mm　1/32
印　张：8.75
字　数：168千字
印　次：2023年6月第1版　2023年6月第1次印刷
ISBN：978-7-5321-8737-9/I.6883
定　价：52.00元

告读者：如发现印装质量问题，影响阅读，请与出版社发行部门联系调换。

# 序一

杨京京
牛津大学古典学系本科生
林桂枝的女儿

小时候,我是个腼腆的孩子。学校的期末演出我总被安排在边上,心里慌张,只好跟着别人做动作;上课时要待老师点名,我才敢开口说话。我不善于表达,不能理解别人,感到与人建立关系相当困难。

从小我不敢跨过路面上的缝隙,总是在自己的小天地走来走去,来回转悠。我不懂得什么叫勇气,从不敢踏出自己的安全区。

书，为我打开了一扇窗。

我喜欢读《西游记》。我和爸爸常常跟着书中的情节来排戏。我是大圣，他当八戒。我边演边念着书中的词，打败了数不清的妖精，凭着一身好本领，跨越现实中不敢面对的障碍。对于体能不好的我来说，能够翻筋斗云，可以去大闹天宫，是件不可思议的事儿。从孙悟空身上，我体验到什么是勇气。

六年级时，我读了许多遍雨果的《悲惨世界》，感受到作者对冉阿让的同情，而我，也因为雨果对他的怜悯而感动。我慢慢明白到，通过书本我可以进入别人的世界，不仅能认识和理解书中的人物，还得以到达作者的内心。

文学作品与作家之间的关系血肉相连。每本好书都附着作者的灵魂。福楼拜用自己和已婚女子的感情道出包法利先生对爱玛的依恋；老舍用他的童心体恤牛天赐；《伊利亚特》的作者通过敌对的阿基琉斯和老国王诉说心底的郁结：人，必须接受生命的甘苦。三岛由纪夫在《午后曳航》中呈现了他的大男人主义，用名物诉说他对死亡的向往。

阅读，是看见别人的灵魂的那扇窗。一部书是一扇窗。每一扇窗的景物各异，里面的事物我不一定全部欣赏和认同，然而，我总能通过好书与作者的灵魂交流，个中的喜悦，难以言喻，只有自己知道。

《同窗》记录了我与妈妈从阅读中得到的感悟，写下了我们之间美好的思想感情。我们俩有不同的眼睛，各有自己的观点；我们一直相互尊重，从不说服对方听从自己的想法。

妈妈和我一起读了不少书。我喜欢站在她的窗户下，从她的角度看看她眼中所见。我知道，她也喜欢这样。

2023年2月

# 序二

林桂枝
多年从事广告创意
杨京京的妈妈

《同窗》是我与京京在过去一年多断断续续完成的。当时她接到大学的录取通知书，我和她一起到了英国。到达后离开课还有一段时间，空闲的时间较多，我们便着手记录二人同窗共读的经历：把一起读过的书籍罗列出来，挑出其中十几本讨论，将内容录音，由我整理文字。

这部书可以说是这段旅程的一部分，只是它记录的不是名胜古迹，而是两个人的阅读经历，记下了一位妈妈与女儿的思想交流。

我的女儿是我的灵魂伴侣——一个与我相知相交的人。这重关系是她长大后我才发现的。她小时候我工作忙碌，没有在生活上好好照顾她，两个人的纽带主要是音乐和书籍。每周日举家出动去上钢琴课，由我安排每天的练习内容；每星期我到学校的图书馆借书，尽可能周末和她一起读书。

阅读是我们生活的一部分。通过读书，许多伟大的作家成为她的家教，其中包括鲁迅、老舍、吴承恩、沈从文、朱自清、荷马、雨果、契诃夫、托尔金、托尔斯泰、罗尔德·达尔，还有数不清的绘本作家，带她认识世界，了解人生。书中的人物成了我们的朋友，里面的情节和风景我们一起经历。

我离开英国后回到香港，与京京的越洋话题离不开书本。她看到好书推荐给我，我读到好的章节与她分享。我的感悟装进她的脑袋，她的思想跨越山河，传到千里之外的我。

我们俩在人生的道路上虽各自远行，但阅读，让人从不孤单。

每当我在路上稍事歇息，总会见到京京带着一部书向我走来。我们坐着读着，会谈谈那些重要的事，对我们俩来说，要紧的，莫过于徘徊于灵魂中的魔鬼与天使。

2023年1月

# 目录

i 序一

v 序二

001 选美与谋杀案
《白雪公主》(格林兄弟)

013 哲学与日常
《沉思录》(马可·奥勒留)

035 孩子的心底话
《牛天赐传》(老舍)

055 强奸男人的国度
《西游记》女儿国(吴承恩)

071 血腥的教训
《小红帽》(格林兄弟)

085 我们都是麦克白
《麦克白》(莎士比亚)

111　情色与艺术
　　《包法利夫人》（福楼拜）

139　王子的真爱
　　《灰姑娘》（格林兄弟）

149　学会去爱
　　《挪威的森林》（村上春树）

169　最怕出事的人后来出了大事
　　《套中人》（契诃夫）

187　不想当诸神
　　《伊利亚特》（荷马）

209　人，真是那么厉害吗？
　　《安提戈涅》（索福克勒斯）

231　性，脏，不脏？
　　《沉香屑·第二炉香》（张爱玲）

249　生活在陆地的我们，要向往大海
　　《午后曳航》（三岛由纪夫）

267　书目

# 选美与谋杀案

## 《白雪公主》(格林兄弟)

京京上小学时改写过白雪公主与王子的故事,说这两人是以离婚收场。

我跟她说:"很好,多这样想,这样写就好。"

**不简单**

**京京** 小时候对很多事物的感觉都是混沌一片。以前我觉得

《白雪公主》就是一个漂亮公主加七个小矮人的童话，公主黑头发，皮肤白，裙子很漂亮，小矮人戴帽子，有胡子，白雪公主被皇后杀死了，后来在绘本和动画片里，王子在玻璃棺材吻公主，公主醒了，他们就永远快乐地在一起了。

**桂枝**　我觉得这个故事不仅是这些。

**京京**　这个故事不简单。《白雪公主》是宗谋杀案。虽然王后是继母，她和公主的关系毕竟是母女。所以，这是一宗继母杀女的谋杀案。

**桂枝**　从童话到谋杀案，中间的反差很大。你今天这样想，会不会像我们隔一长段时间后去看同一个人，看到的跟原来认识的完全不一样。新闻里常有类似的报道：一个从小沉默寡言、待人友善的男孩成为连环杀手，学习优异的小女孩长大后成了恐怖分子。

**京京**　自从明白到这个故事是宗谋杀案，我对许多童话故事都有了新的认识，觉得小时候被骗了。

**桂枝**　你小时候就写过一篇作文，说白雪公主后来没有跟王子永远快快乐乐在一起。

**京京**　想到什么，事物就会变成什么。

**桂枝**　我想到的是《白雪公主》的故事是围绕着"到底谁更漂亮"进行的，它的缘起是选美，是王后与公主的一场选美比赛，参赛的有两个人。

**京京**　公主不知道自己在比赛，这场选美是王后发起的，她整天拿自己和别人攀比。

## 妒忌

**京京**　王后不能输，她是个妒忌心很重的人，她做的一切是为了平复自己的妒忌心，她拒绝接受自己选美失败，不能容忍白雪公主比自己漂亮。

**桂枝**　她在做毒苹果的时候说，白雪公主必须死。为了弄死白雪公主，即使要付出自己的性命，她也在所不惜。

**京京**　妒忌是天主教的七宗罪之一。我觉得妒忌比较特殊，犯其他的罪，人们都会感到愉悦，唯有妒忌例外。淫欲和暴食，会换来身体感官的愉悦，这是动物性的；傲慢让人洋洋自得，自我感觉良好；愤怒帮人出气；怠惰使人不用劳动，舒舒服服；贪婪的念头让人在脑海中获得原本不是自己的东西，也会带来愉悦。唯有妒忌不会带来什么，只会令人难受。

**桂枝** 而且妒忌很难和解。解决妒忌的办法是令自己比对方更强,假如做不到,那么极端的手法是杀掉对方。皇后这样做,最终的结果只是扑灭心中的嫉妒之火。

在我们身边,普遍可见的是人们对生活条件的妒忌,感到别人有房子、车子,有财富,有地位,觉得自己不如人。

继母的妒忌是因为自己老了,老了没有年轻时候好看了。岁月催人老。对许多女人来说,人生最大的敌人是岁月。故事开始说到,在白雪公主七岁的时候,继母便因为白雪公主长得好看心生忌恨。

**京京** 她已经贵为皇后了,没有必要这样。她的想法好像是天上的月亮妒忌旁边的小星星闪亮发光。

**桂枝** 继母看不见自己身上的光芒,她时刻拿着镜子问谁最漂亮,可见妒忌是多么的缠绕。妒忌是阴暗的,没有人会告诉对方我妒忌你,妒忌别人只能一个人在幽暗的角落独自怨恨。

## 年老色衰

**桂枝**　也许很多人都认为，女人年老色衰极为可悲，所以世界上才有那么多的美容去皱冻龄商品，哪怕天价出售，人们还要争相抢购。

**京京**　你比我大得多，你对年老有什么看法？

**桂枝**　上次出版社要做宣传，问我是否可以修图，我说："我走过多少路才在脸上得一条皱纹，每条皱纹都记下了我的人生轨迹，请不要把它们抹掉。"为什么女人把年龄当成问题和负担？为什么要把自己定义在别人的评价中？无论男女，美不在外表。不存在女人老了是凋零的残花，"年老色衰"这几个字是性别歧视。

**京京**　大部分人都希望青春常驻。故事中的白雪公主是永远不会老的，她虽然死了，在玻璃棺材中的她美丽不朽，青春到永远，看上去跟活人一样。故事里有无数的对比，其中最有意思的是：白雪公主不朽的美与继母褪色的美的对比。

## 不朽

**桂枝**　小矮人说过："她不会腐朽"。白雪公主不会腐朽寓意美丽是不朽的。我觉得有个问题很有趣，为什么白雪公主会不朽？

**京京**　白雪公主根本没有做什么事情，她在美德上没有践行什么，除了帮七个小矮人做家务，她做家务只是履行小矮人开出的条件。"如果你愿意给我们做家务，保持屋子里一切井然有序的话，你就能够跟我们住在一起了。无论你想要什么，这儿都不会缺。"小矮人是在找阿姨。最可笑的是他们的家本来就很整洁，他们自己会打扫，根本不需要人帮忙。会不会是格林兄弟自己想找阿姨呢？

**桂枝**　找个女人照顾自己的生活应该是许多男人内心的渴望吧。不知道比较激进的女性主义者会不会说："这帮男人以女人做家务交换生活的供给，这七个男人，而且是七个侏儒小男人，他们凭什么？"

**京京**　白雪公主有资格替小矮人做家务，先决条件是长得漂亮，他们看见她长得美才开出条件。可能很多肤浅的男性都有相同的想法，第一先看潜在的对象长得是否漂亮，然后再决定是否追求。外表长得美真的那么重要吗？美真的是永恒的吗？中世纪的人喜欢将骷髅头放在书桌上，提醒生命并非不朽。长得美不美都是个骷髅。

**桂枝**　有一天白雪公主老了，当她的美褪色后，她是否会变成继母一样，妒忌她的女儿？我觉得美貌是这母女的咒诅，如果咒诅是美好的，美貌便重要；假如咒诅是邪恶的，我们便要想想美貌是否值得我们追求。

**京京**　美并非不朽。继母为什么那么在乎自己的美貌呢？我觉得继母有内在厌女情结（internalized misogyny），她不是讨厌自己，她是讨厌比自己漂亮的女性。她以男性的标准来审视自己，这个标准就是外貌。女人，长得越漂亮便越有价值，它假定在美貌之外没有任何东西，这一点本身便是厌女情结。继母需要美貌。有了美貌，国王便会爱她。她需要男人的爱。她用美貌去赢得对方的爱，建立自己的权力。继母所有的行为，是源自内在的厌女情结，进而产生妒忌之心。

## 美貌

**桂枝**　中国人有一句话叫："女为悦己者容。"我觉得悦己者与己所悦者都充满不确定性，远不及自己来得靠谱和稳定。为自己打扮就好了，为什么要讨好男人呢？王尔德不是说过爱自己是毕生的浪漫吗?

**京京**　美貌,对继母来说是一种虚荣。白雪公主也一样,同样向往美的虚荣。

**桂枝**　继母要杀她,第一次假装成个老妇人,要卖给她蕾丝束带,白雪公主见蕾丝束带好看,后来被勒住了,最后被小矮人救活。第二次继母假装成另一个妇人,卖一把梳子,白雪公主买下了梳子,开门给老妇人为她梳头,剧毒随梳子插进了头发,白雪公主差点一命呜呼。

**京京**　电影里没有这些情节,估计是他们不想说白雪公主注重外表。有了这些情节,白雪公主显得太爱表面了,而且这些情节太残忍,会影响票房。

**桂枝**　他们一定知道这点,所以把故事改编了。我觉得故事讲的不只是美丽不朽,还有美丽就是力量。

**京京**　继母派森林里的猎人杀害白雪公主,猎人看见白雪公主长得实在太漂亮了,便放过了她,而且还拿了野猪小崽儿的两片肺片和肝脏交差,冒充证据。

**桂枝**　这是作假证供欺骗王后,查出来非同小可。猎人甘愿这样做,是因为白雪公主太美。七个小矮人看见在他们家中睡着了的白雪公主后，惊叹上帝呀上帝，这是多么漂亮的孩子呀！如果白雪公主不漂亮，七个小矮人不会收留她。最后还有王子，因为白雪公主美丽，王子必须拥有她。

**京京** 白雪公主太漂亮了，所以她死了都被放在玻璃棺材中，让所有人看见。美丽是需要展出的，白雪公主是美的展品。

**玻璃棺材与魔镜**

**桂枝** 玻璃棺材是对外的，是给人们看的。美丽，就要让人看到。继母的镜子却是自己看的，她对着镜子反复在问这个问题："魔镜，魔镜，谁最漂亮？"镜子是日常的，是我们天天使用的；尤其女性，每天都照镜子。日常生活中平平无奇的镜子是每个女人的"审判官"，为女性带来"审判之声"。在照镜子的时候，我们会不由自主对镜中的自己发出"审判"，镜子就像拥有魔法一样。女人会对镜中的自己埋怨："你的眼睛太小了，你的眉毛太粗了，如果鼻子高一点就好了。"

**京京** 你不会这样想。

**桂枝** 早上起来，我会对着镜子笑。

**京京**　继母对镜子检查自己的脸蛋，白雪公主以玻璃向所有人展示她的美貌。这个对外展出的美的化身，吸引了王子的到来。

## 王子

**京京**　我觉得故事写到王子这段情节有点恐怖，因为白雪公主是个尸体，王子有"恋尸癖"。恋尸，还有吻尸，不知道这个童话到底是怎么回事。

**桂枝**　如果没有你提到这一层，人们会不会以为爱的力量实在神奇——王子吻了尸体，白雪公主死而复生。这段家喻户晓的情节确实令人毛骨悚然。白雪公主被王子一吻复活，这不是童话，而是个诡异的故事。

**京京**　王子是被白雪公主的外表吸引，这不是爱，是钟情于外表。西方将爱与钟情于外表作出明显的区分，用的是两个不同的单词，一个是love（"爱"），一个是infatuation（"钟情于外表"）。王子"爱"白雪公主吗？抑或只是看着她长得漂亮？

**桂枝**　故事本身没有给我们答案，没有答案，更值得我们追问。

## 有权的女人

**京京**　我还有一个问题要问。继母是一个有权力的人,因为妒忌,她用她的权力做了坏事。女人有了权力,是不是就会作恶?古希腊神话的美狄亚为了伊阿宋抛下了自己的家庭,与他远走高飞结为夫妻。后来伊阿宋爱上另一个女人,美狄亚将毒药涂在长袍和金冠上,送给已有身孕的对方,接着她还将自己的两个儿子杀掉,让伊阿宋没有儿子继嗣,失去新欢,最后美狄亚带着儿子的尸体骑上战车飞向天际。美狄亚具备超凡的魔法,因为有权力,她选择用残暴的方式平复自己的妒忌心。作恶,是不是具备权力的女人的必然选择?

**桂枝**　继母有权力,她运用权力进行谋杀,这是不是权力赋予女人的必然结果,我不知道。我只知道如果继母不运用她的权力作恶,便没有《白雪公主》这个故事。这个女人有权力便去作恶,是编写故事的人的看法。

**京京**　西方许多故事和历史都在说女人有了权力和知识就可怕。《奥德赛》中,拥有威力无穷的巫术的喀耳刻,把来到她的孤岛的男人变成了猪,恶名远播。英国的安妮·艾斯丘(Anne Askew)因为有了知识,提出自己对宗教的看法而受拉肢刑具的折磨,被活活烧死。

**桂枝**　假如女人有权力便会作恶，那么男人呢？男人有权力便不作恶或是少作恶吗？历史告诉我们不是这样。作恶与性别无关，认为女人有权力便容易作恶的是写故事的人。

**京京**　格林兄弟写拥有权力的继母后来被惩罚穿上经过烈火炙烤的铁铸舞鞋，跳舞烫死了。

## 这个故事教训我们

**京京**　继母的下场是典型的坏人有恶报。有趣的是，没有权力、原本一无所有的白雪公主却得到好下场，快乐地过上美好幸福的生活。白雪公主是一个没有权力的女人，女人没有权力，便不可怕了。

**桂枝**　到今天人们都是这样看，位高权重的女人都是女魔头。

**京京**　这是《白雪公主》的故事给我们最大的启示：女人不能有权，女人更可一无所有。

**桂枝**　唯一重要的是，有一张好看的脸，漂亮就够。

# 哲学与日常

## 《沉思录》(马可·奥勒留)

有些书是人生必读书,《沉思录》是其中之一。我和京京都从这部书得到力量,砥砺前行。

**梗概**

《沉思录》是古罗马贤君马可·奥勒留写给自己的个人思考录,被公之于世后成为斯多葛派哲学的代表作。

**我们活着的时间只是螺丝锥转动的一刹那**

桂枝　遇到难题我便会拿起《沉思录》。

京京　我经常看它，坐车的时候还会听有声书。

桂枝　这部书会告诉你人的本质是什么，你在宇宙的位置，你与世界万物的关系。我一直提醒自己书里面说的这句话：

**我们活着的时间只是螺丝锥转动的一刹那，然后我们便离开了。**

京京　从空间看，我们只是宇宙中的尘土，很渺小；从时间讲，我们很快便会化为灰烬，每个人的存在只不过是一转眼。

桂枝　既然我们朝生暮死，那么我们必须在短短的一生活出自己内在的本质。

京京　作为国君的奥勒留为自己写下来这些，相当可敬。作为一国之君，奥勒留很容易像古罗马帝王尼禄、卡里古拉一样，位高权重，变得残暴与傲慢。这位国君不断提醒我们：我们渺小，必须谦卑。

## 一个人的价值在于他认为什么东西有价值

**桂枝** 对于我们,生活是制约。

**京京** 我同意奥勒留提出的观点:生活中被众人高度重视的是空洞的,容易腐朽的,琐碎的。他提到不管面前的是肉肴、美酒,还是名贵的紫袍,一定要直达事物本身,看出它们到底是什么。肉肴是一头猪的尸体,美酒是葡萄的汁液,当时被认定为奢华的紫袍是用生物的血染成的羊毛。

**桂枝** 这点我观察到,你不会将时间花在很多人重视的事情上。

**京京** 我觉得要知道自己想要的是什么。

**桂枝** 奥勒留在书里也提到:"不要想着你没有或是已经有的,要想着你认为最好的东西,要追求最好的东西。"

**京京** "要想着如果你还没有最好的东西,要多么热烈地追求它们。"这是他说过的话。

**桂枝** 对我来说,最好的东西不是金钱、名誉和地位。人们常常说你要看看自己的杯子一半是满的,而不要去想一半是空的。这是劝大家要知足常乐。可是,假如只得半杯水,人们只会一心想着让半杯变成满杯，而忘了想想手上那半杯水是不是最值得自己追求的东西。你手中的这半杯水是什么，你是否愿意花一生去换取？

**京京**　爱比克泰德说过："假如你想一个人富有，不要增加他的财富，要降低他对财富的欲望。"塞内加后来说："如果有人想长命百岁，你应该将他对长寿的欲望消除。"

**桂枝**　财富是不是人生最值得追求的东西，长命百岁是否等于完美人生，每个人的答案都不一样，我从这部书学会了这点：一个人的价值在于他认为什么东西最有价值。

## 什么事物不归你管

**桂枝**　应用在今天，这是很难达到的要求。大家都在为生计忙碌。我的工作基本上就是劝人们消费，多买一点，多吃一些，有时候更鼓励人们做出不必要消费，除了促进经济繁荣，我做了什么对别人有益的事？

**京京**　斯多葛派从来没有告诉我们要抛弃尘世间的生活，没有建议我们要到深山修行悟道。他们不是犬儒学派，木桶哲学家第欧根尼见到亚历山大大帝，说皇帝挡住了阳光，请他让开。见到一个男孩用手盛水来喝，他弃自己手中唯一的陶碗不要，改而用手。

斯多葛派把事物归为"宁可要这个"与"宁可不要那个"，也就是你宁可选择什么，而不选择什么。他们认为宁可有钱，而不是没钱；宁可健康，而不是残疾或是患病。但是如果没钱，斯多葛派会安之若素；假如失去健康，他们不会受其影响。

**桂枝** 毫不炫耀地接受财富，同时又随时准备放弃，这是他们的态度。

**京京** 斯多葛派的另一位哲学家塞内加是当时的一位亿万富翁。虽然他确实吃穿很节俭，可是他在其他方面"说得到，做不到"。据历史记载，他家里有五百张高级柠檬木桌子，每桌都有象牙装饰。不过他的话说得有道理，那就是可以接受钱财，可是不要成为这些尘世的幸福的奴隶。这点与"宁可"和"宁可不"的另一方面相关，就是我们要知道宁可关注什么，宁可不理会什么。

**桂枝** 明白什么事物是由我们控制，什么不由我们控制，管好自己可以控制的事情，不要期望得到取决于别人的事物。

**京京** 别人的行为是不受我们控制的，我们的情绪也经常不受我们控制。

**桂枝** 人，往往太在意别人。事实上别人做了什么，说了什么不归我们管。我们往往对别人做的事情作出反应，自己下判断，也就是说，我们把别人的事当作自己的事，写在自己的心里。我们会在原本的、最初的现象添加更多的东西，然后受到这些添加的意见干扰。

**京京** 不在事情上添加意见很重要，事情本身是什么就是什么。看到"本来如此"就够。

**桂枝** 要按事情的本来面目看事情。

我感到"别人的事情不归我们管"不是道理，而是真相，知道真相后，便要付诸行动。行动起来不容易。有天我给朋友发信息，过了两天对方没有回我。当时我想她是不是不想跟我说话了，后来又觉得她太没礼貌了，怎么过了那么长时间都不回我。

过了两天她回我，原来她身体不舒服，因此没有及时回复。对方不想跟我说话，对方没有礼貌，全是我自己添加的意见。我想出了这些意见，相信这些意见，情绪受到干扰，而事情本身只是对方没有48小时内回复而已。想想自己一生花了大量时间在这些妄自添加的意见上，我实在太愚蠢了。

## 不要被表象牵走

**京京** 奥勒留提醒我们："我们的情绪往往只是对生活的意见，不用理会。"

**桂枝** 生活其实就是意见。我们从早到晚都在对生活提出意见与评价，我们对天气、对衣食住行、对别人的行为提出意见，老是花时间在一些不重要的事情上。

**京京** 斯多葛派提出一个重要的概念叫"表象"。"表象"就是我们对人与事的意见、感受和看法。关乎饱暖、情绪，别人的意见都是表象，奥勒留告诉我们要置之不理。

**桂枝** 我做不到不理会，可是我会提醒自己不要沉迷其中，不要被自己喜欢的和厌恶的人、物件与事情卷进去。

**京京** 奥勒留告诉我们要时刻运用理智。"必须看见事物的本质，因为外表是理智的曲解者。"不要被一时的表象牵走。

**桂枝** 假如事情是在他人的权能范围之内，不要责怪，因为没有用。不要不满，除非你可以改正，任其自然就好。

**京京** 对某些人某些事，平静地离开就可以。当我们不为那些外在的、别人的行为和看法干扰，自己的周围就是自己。亚里士多德说过人的一生就是你在你的身边。所以要追求为人的美德，扎实地思考，不做令自己瞧不起自己的事。

**桂枝** 别人做了一些事，说了一些话，让事情留在原处就好，要物归原主。

**京京** 我们唯一可以做的是运用自己的理智和支配能力，决定自己宁可要什么，不要什么。

**桂枝** 爱比克泰德提出过一个澡堂的例子。

当你着手做任何事情，要提醒自己你要做的是什么事情。

如果你要去澡堂洗澡，你要预先想想澡堂里会发生什么事情。别人的水会溅到你；其他人会挤你；有的人会骂街；澡堂里还有人会偷你的东西。

因此，在没进入澡堂前要告诉自己："我想去洗澡，同时我希望自己要做的事情与自己美好的本性保持一致，这样，洗澡这件事情便可以处理得更好。"

当有任何事情妨碍你洗澡，你心里要马上对自己说："这不是我唯一希望得到的，我还希望我做的事情与我美好的本性一致。假如我因为别人做了一些事情而生气的话，那么我的意愿便不可以与我美好的本性保持一致了。"

这一小段话提醒了我们许多重要的事情。弄清楚什么事物受自己控制，什么不归自己控制；什么东西是自己的，什么东西不属于自己，不要在自己控制不了的事情上流连忘返。

澡堂里有人吵架，不能惬意地洗澡，确实失去了放松身心的机会，但是如果心里能做到平静如水，不为别人的行为所乱，得到的却是自己美好的本性。这美好的本性比洗个舒服澡更重要，更令人心醉神怡。对不属于自己的一切，不受自己控制的事物淡然处之。身外之物不只金钱与物质。不要为失去这些身外之物而惋惜，因为替代的美好本性比失去的物质享乐更值得我们追求。

**京京** 对某些人某些事不为所动是很主动的态度。这是理解世界、理解我们身边的人和事的一种"干净"的态度，就像是书里提到的，不要让污泥弄脏泉水。

假如受了伤害，我们要想着自己像在一个摔跤赛场，要对伤害你的人"提高警惕，不要信赖他们，保持距离，不用恨，不用生气"。这是双重保护，第一，免受别人伤害，第二，不让自己伤害自己。

**桂枝** 我们很容易"纸上谈兵",真正经历这种问题,会很难控制自己。

**京京** 我觉得一个简单的起点就是:不要假定对方坏。比如说,有一辆车切线切到你前面。可能你第一时间的反应就是按喇叭,说几句脏话。可是如果你能够这样去想:对方正带家人去医院,或者他要赶着去见一个十分重要的人。这样想会帮助你心平气和。很多时候,我们的头脑总喜欢将微不足道的事情无限放大。

**桂枝** 不能把自己的宁静交给别的灵魂。书中提出的观点是让自己的行为和活动限定于有益社会的行为。假如事情是在你的能力范围以内,不要不做。

**不要像能够活上万年那样地活着**

**京京** 斯多葛派的许多主张都应用在认知行为学的心理治疗上,比方说自我价值的实现。

**桂枝** 许多人心理出现问题是由于感到自己的际遇不好,没有机会实现自我价值。古希腊许多哲学家相信我们的遭遇是按照神的命运之线配置和纺织的。如果不相信神,我们可以说只是巧合。

**京京** 首先是看清楚事物是由什么东西组成，现在给我的印象是什么，这些印象能持续多久，我们需要用什么态度对待它。

如果这些印象只是表象，要淡然处之，按事情的本来面目来看事情，就是我们反复说的，控制自己能控制的，要将自己的行为看作对自己有利，回到自身，追求理性，行自己的义务。

**桂枝** 就像书里所说的，我们要挖掘自己，只要不断翻土，会时刻涌出源源不断的善良、仁慈的美好本性。观照，调节，镇定自己。

**京京** 这样便可以免除许多不必要的烦恼。

**桂枝** 做必要的事情，做很少的事情，会带来宁静。就像你处理你的学习一样，虽然十分繁重，但由于你尽量局限在那些真正对你重要的事情上，所以能够做好。

**京京** 我们有能力按自己美好的本性做事，这是奥勒留不断提醒我们的。

**桂枝**　自身要具备向上生长的力量。做到这样，便不会埋怨。

## 活在当下

**桂枝**　斯多葛派有一个不好的名声，有些人认为他们消极，不在乎别人的看法。

**京京**　他们提倡积极上进的生活，怎么会是消极？

**桂枝**　我同意。他们倡导的是积极生活。奥勒留鼓励我们要活在当下，活在当下不是享乐在当下。

爱比克泰德曾经说过人生就像赴宴。我们面对的一切就像是宴会中传到我们手中的菜肴，当菜肴还未传到你的眼前，不要急着自己伸手去拿，当传到你的眼前，欣然接受，适量地夹走自己的一份。传到眼前的菜肴，就是我们每一刻所接受的一切，接受当下赋予你的一切，做到最好。努力去做你应该做的事，精力充沛，宁静致远，不分心。因为只要分心，你会一无所获。

**京京**　西塞罗和爱比克泰德都提出过弓箭的比喻，那就是我们要当一名优秀的弓箭手，接受训练，努力练习，集中精力射箭，明白当箭射出去，可能有风，以及会发生不可预见的事。集中去做，不要想结果。

**桂枝** 活在当下的另一重含义是不要为过去的事情懊悔，因为如果事情让你痛苦后悔，你已经难受过了，不用重复。同时不要让将来的事情困扰你，因为如果事情必然发生，你要用此刻拥有的理智去面对他们。

**京京** 所以，把自己限制在当前就好。而且限制在当前有不少重要的事情要做。奥勒留要求我们善良、谦虚、理智、真诚、节制、镇定、豁达。其中理智是对一切个别事物的明辨和摆脱无知，要时刻运用我们的支配能力。单做好这一项就很难。

**桂枝** 理智就是要懂得分辨事物的表象和本质，不受干扰，理智需要我们摆脱无知。这要求我们热爱知识，不看重感官，对宇宙的本性、我们在其中的位置有正确的认识。上面说的只是关于理智，做好书里所提出的美德，一辈子不够用。

**京京** 无论我们身处任何地方，或多或少都有限制。我们要完成任务，将力量集中在可以被控制的事情上。过去的事情已经过去了，不停去怀缅过去不如意的事情不会对你有益。其实，据心理学研究，经常怀缅的人会更容易有抑郁症。至于未来，事情还没有来，没必要过多担忧。

**桂枝**　无论何时何地，能做什么就尽力做好。

**京京**　要笔直地走下去。

## 光会稳定地照射接受它的东西

**桂枝**　光也是这样，是直线的，笔直地照射。我们的理解力就是光。

**京京**　他提醒我们要注意光是如何照亮黑暗的房间，比喻我们的理解力会点亮人性的阴暗。因为每个灵魂都会不由自主地偏离正义、仁爱和节制。

**桂枝**　黑暗之处是我们的障碍，是我们的自私、欲望，就像他提到的当你洗澡的时候看到油腻、汗垢、污秽的水，所有的东西发出令人作呕的气味。他提出了另一个观点，就是要从裂缝中看到美。这句话既是哲学性的，又是诗性的。我的理解是要从人性的缺陷中看到光明的一面。这光明的一面来自理智与善良。

**京京**　我们需要具备对事物的普遍理解力。光不缩小，不滑动，会稳定地照射接受它的东西。理解力会照亮我们的思维和行动，让黑暗的角落闪耀光芒。

**桂枝**　有了这光，我们可以迈进斯多葛派常提到的幸福快乐的人生。

## 两个快乐泉源

**京京**　我们有两种快乐。有一种是泉水：这是从不断在自己的人生中践行美德，全力做好自己而来。第二种快乐是从外在的表象与物质而来，就是他提到的"快乐水车"，概念像我们今天的跑步机。出了一款新手机，我很想要它，我想着自己得到它后有多快乐，只是我得到后几天它便成为旧的了，第二种的幸福快乐不会持久。

**桂枝**　哲学家不是提倡大家要衣不蔽体，风餐露宿，而是在满足温饱后不要过度享乐。

区分自然的愉悦和不自然的愉悦。自然的愉悦就像是英国诗人温迪·可普（Wendy Cope）写的这首诗。

《橙》

午饭的时候我买了一个好大的橙,

大到逗我们发笑。

我剥好了橙,分给罗比和大卫,

他们各得四分之一,我得一半。

那个橙,令我非常开心,

普普通通的东西经常这样。

就像最近,去买东西,到公园散步。

是平和与满足。是新的感受。

剩下来的时间挺轻松的。

我把清单上的工作都完成了。

享受工作,还有余下的时间。

我爱你。能活着,我很开心。

从这个橙子得到的是生活中简朴的愉悦,而不是享乐。我们要为这样的愉悦而高兴。

**京京** 橙子是普普通通的东西,可是它大到令大家发笑,让几个朋友好好一起分享。拒绝沉溺感官的快乐,可是不拒绝生活中简朴的满足与愉悦,与此同时,不追求它。

**桂枝** 他教导我们不看重感官,追求心境平静。追求人性中的神圣。他们相信神明赐予人们思考的能力，让人懂得思考和分析，人要用好自身思考的能力，不要追求动物所追求的，要热爱那些超越动物性的美德。这样做，便可以获得第一种快乐，那是持久不息的快乐。

而且，从简朴的生活获得满足与愉悦，不受不在自己控制中的事物干扰，这样人便会变得宁静，这样我们便可以把自己应该做的事情做好。

**京京** 奥勒留认为高等的管治低等的，人是比动物高等的，所以人要运用理智约束自己。人的美德超越动物性，人的存在是超越物理的存在。这是很好的提点，要不然便会被卷跑。

## 生与灭

**京京** 我们很容易被卷跑。那天早上，我把眼镜放在床边，早上不小心压破了，弄断了左边的镜腿。8点多要上课，从宿舍步行到学院，看不清路很麻烦，而且过两天要交论文，感觉太糟糕了。

**桂枝** 遇到有些事情我们会有本能的反应，一个人上台演讲，自然会紧张；一艘船遇到风浪，自然会恐惧。可是最重要的，是不要被恐惧卷走。眼镜出问题，心情受到影响是自然的，要接受自己的心情会受到影响。

当时你打电话给我，我们聊到，眼镜是一定会破的，有一天它终归会破。知道它一定会破，心要静下来，没必要慌张和焦虑。奥勒留教会了我们一切事物都在变化：木头烧了变成热和光，水蒸发后变成气体，毛虫蜕变为蝴蝶，蝌蚪变成青蛙，你从一个婴儿变成一个一米七多的姑娘，变化是自然的本性。最后，所有事物都会消失在它的过去以及未来的无尽深渊中，消失之后，变成别的东西继续存在。

**京京** 我让眼镜断腿这件事不断干扰自己，我要交论文，视力模糊，影响正常生活。我整天失魂落魄，直到去到眼镜店处理好后，心情才平复下来。

**桂枝** 我是你也会一样，说不定还会更慌张。情绪波动是正常的，完全没问题。

**京京** 我觉得眼镜压坏了这件事，可以应用在许多事情上。正如你所说，一切都在变化中。明白了这点，便应该从郁闷的坏心情中走出来。一样东西毁灭了，会变成另一样东西，一切都在变化中，没有事物百分百就这样。

## 死亡

**京京**　奥勒留提醒我们死亡是变化。"一个人在埋葬了别人之后死了,另一个人又埋葬了他:所有这些都是发生在一段不长的时间里。总之,要始终注意属人的事物是多么短暂易逝和没有价值,昨天是一点点黏液的东西,明天就将成为木乃伊或灰尘……就像一颗橄榄成熟时掉落一样,感激产生它的自然,谢谢它生于其上的树木。"

**桂枝**　死亡是自然的一个秘密,最后可能是什么都不见了,也可能是改变,就像奥勒留说原子还存留在宇宙中,永远不会消失。到底是如何,我不知道。

**京京**　奥勒留是在战事中去世的,当时正发生瘟疫,他得重病后拒绝治疗,最后指着太阳说:"看,太阳正在升起,而我却在日落之中。"死亡是自然的,要接受它,静候它。他带着尊严离开这个世界。

**桂枝**　趁今天还活着,让我们和善、温柔、正直,帮助他人,致力于做正确的事,好好活下去。

## 痛苦和不惬意

**京京**　我们上次到英国的时候飞机早上5点多降落，海关排长龙，大概六个小时才出关。

**桂枝**　站了很长时间，很难受。

**京京**　奥勒留提醒我们这只是不惬意，并非痛苦。

**桂枝**　我们把许多不惬意的事情视为痛苦，例如网络不好，天气太热，队伍太长，事实上这些只是不惬意。

**京京**　身体感到痛苦，让身体痛苦就好了。奥勒留提出痛苦不会影响我们的理性，我们的支配能力不会因此而变坏，在痛苦中我们的心灵要通过隐入自身而保持它的宁静。

**桂枝**　我们没有经过这些极端的痛苦，很难体会，无法印证。

**京京**　我读过一个故事，一位战争中的空军机师靠着斯多葛派哲学的帮助，在敌方的牢狱中度过了五年黑暗的日子。

这位空军机师热爱哲学，行军的装备中带有爱比克泰德哲学手册。成为俘虏后他饱受酷刑断了腿。这位军人说："对爱比克泰德而言，情绪是意志的表现。恐惧不是来自黑夜的黑暗，而是从我们自身而起，由我们发起，受我们控制，任我们叫停。我们要关注自己每时每刻的感受，而且对自己的感受负上全部责任。"

当敌人施酷刑的时候，他盯着对方的耳垂，像念咒语一样地跟自己说："控制恐惧。"凭着意志，他克服了恐惧。

他想到从跛脚的爱比克泰德那里领会到：

"跛脚对身体是障碍，对意志却不是障碍。我们应该这样看待自己的遭遇——有些事情会成为其他事情的障碍，重要的是我们不能让自己妨碍自己。"

# 孩子的心底话

## 《牛天赐传》(老舍)

过去我一直不明白京京为什么那么喜欢老舍。

她从小是老舍迷。十多年前北京东城举办了一场纪念老舍先生的活动,她带着老舍的《幽默小品集》去参加,请先生的儿子和女儿题了字,心中感到无上的光荣。

后来我和她谈《牛天赐传》,才明白老舍先生的文学在她心中的分量。对她来说,老舍是她的知心人,她儿时心中的困苦,先生全知道。

## 梗概

一天,卖落花生的老胡在牛家门口捡到一个婴儿,他将小孩交给老年无子的牛老夫妇,二人见到孩子喜形于色,立马决定收养,为小孩取名天赐。

牛老妈妈是位官派太太,总想天赐长大后能当官,实现她心中的理想。牛老爸爸是个买卖人,怕老婆,家中大小事情全交牛太太做主。

天赐从小衣食无忧,受到父母的诸般宠爱,与家仆四虎子玩耍,吃纪妈的奶,穿小马褂,一身官派。牛老夫妇从来没有告诉天赐他是捡回来的。从小学开始,天赐察觉身边有闲言闲语,人们在议论他是私生子。

私生子的身份让天赐抬不起头,在成长阶段受到莫大的冲击。他于高小阶段被学校开除,牛老太太为此事而气死。及后,天赐的爸爸生意失败后过世。家中的所有财产被亲友拿的拿,搬的搬。天赐落得一无所有,与仆人四虎子一起卖水果维生。

后来,曾经受过牛老先生恩惠的天赐的老师王宝斋从天而降,为天赐聘律师争取房产,安排天赐到京城上学。

## 人物

牛老先生　买卖人

牛老太太　牛老先生的官派太太

牛天赐　　老牛夫妇收养的儿子

纪妈　　　牛天赐的奶妈

老刘妈　　牛家的老用人

四虎子　　牛家的仆人

狄文瑛　　天赐喜欢的女孩

王宝斋　　天赐的老师

## 童心

**桂枝**　你小时候特别爱看《牛天赐传》,书都翻破了,为什么那么喜欢?

**京京**　大人以为小孩什么事情都会说出来,可是小孩心里藏了一些话,是不会告诉大人的。老舍在《牛天赐传》中帮我把这些话都说出来了,所以我翻来覆去看。

**桂枝**　为什么老舍能帮小孩说话?

京京　老舍有童心。他了解天赐心里所想，明白我小时候说不出的心里话。

## 每个人都有缺欠

京京　牛天赐和我一样，体能不好。我小时候像天赐，不强壮，跑得慢，被别人取笑。每次运动课自由分组，我都是最后一个被同学挑上的，人们觉得有我在组里会拖他们后腿。这看起来是件小事，可是对一个小孩来说，这是天大的事情。

桂枝　你在体能上没他们强，在思想上不比他们弱。

京京　我长大后才明白这点。当时我心里很难过，感到自己很不行。

桂枝　念小学的时候，学校举行越野跑，有一阶段你天天出去练跑步，我知道你很忧虑，怕自己跑得慢。

京京　最后我得了倒数第二名。

桂枝　当时我们定下目标，要全力跑完全程，尽力不当最后一名。假如得到的是最后，要为自己跑完全程鼓掌，为自己喝彩。

**京京**　每一次运动比赛我拿到的都是参与奖，心里特别羡慕那些获得金银铜牌的同学。我希望在同学中有存在感，感到自己重要。

**桂枝**　在同学面前获得存在感是重要的，没有人喜欢被孤立。我和你一样，也是体能差。小时候体育课老师叫我给同学示范跨栏，我用心完成动作，然后老师说："同学们，这就是错误的动作。"当时我难过极了，哭了很多回。事情过去了，现在我一点也不难受。跨栏不行，我能游泳，可以做其他运动。只是，当时的悲伤是没法排解的。

**京京**　牛天赐在学校里感到被孤立。他的官样打扮不洋气，同学都穿雪白的制服，他穿小马褂，同学吃面包，他家从不吃面包。有的孩子是童子军，会吹哨，同学懂的他什么都不会。老舍说天赐感到学校生活总是别人如何如何，我上学就有相同的感受，总觉得别人特殊。

**桂枝**　你刚到幼儿园的时候，同学们都说英语。你不知道怎么办，便跟那些老外同学说："说中国话。"小老外们听不懂你说什么，便自己玩自己的了。你很孤单，老在操场边上的围栏一个人待着。

**京京**　他一天到晚就在这个小世界里转……遇到必要时，他得装作两个人或是三个人，从东跑到西，从西跑到东，以便显出生命的火炽。及至跑累了，他坐在台阶上，两眼看着天，或看着地，只想到："没人跟你玩呀，福官！"

上面这段话是牛天赐的感受，我觉得说的就是我自己。

**桂枝**　我知道你因为自己英语水平差而难过，你不像老外，有语言环境。咱们家说的是普通话，我感到没必要在家和你说英语，这样做大家听不懂。当时我天天早上到学校图书馆找有意思的绘本给你，你读完一本又一本，我们成了图书馆借书最多的人。我挑书，你去读。你是靠自己的努力克服语言障碍的。

**京京**　只要多看书，慢慢会进步。

**桂枝**　可能你是因为在学校的生活缺乏团体认同感，便有了多看书这股动力。与此同时，那些绘本实在太有意思了，你看的书，我也看了。

**京京**　我们一直都这样，你看的我也看。

**桂枝**　现在是你读什么，我跟着读。

## 对待一件事

**京京**　高小的时候有同学说天赐是"私孩子",渐渐,没有人再与他亲近,没有人约他到家里玩。同学们还挤他,瞪他,绊他的腿,向他吐舌头。他把这些经历告诉妈妈,妈妈只是叫他不要理会。

天赐的成长深深受到同学排挤的影响。排挤是基于人们对天赐不是牛家夫妇亲生这件事有偏见。偏见对一个人的残害很大,尤其是对一个小孩,留下的精神创伤影响一生。

因为同学们说天赐是私孩子,牛老爸在周末常常带天赐出去玩,加上小虎子帮他壮气,天赐变得正面积极,学习有了很大的进步。天赐能够在逆境中上进,是很不容易的,他的内心希望自己能够吐气扬眉。这是天赐唯一一次积极上进的表现。

他考试得了第四名,可是主任却叫老师将他的名次降为第十五名。主任说天赐是一个大家瞧不起的学生,不应该列在前几名。

这个打击太沉重了。小孩是很容易开心的,获得别人的赞美便高兴,被人骂一句便立即感到十分低沉。天赐被降名次,受人排挤，伤痛很难愈合。我特别同情他。

**桂枝**　天赐受同学欺凌，妈妈叫他不要理他们，爸爸带他去游玩，他的好朋友四虎子说继续上学就行。很多人会像他们一样，采取置之不理的办法，以为霸凌的同学渐渐会收手。我不认为这样，小孩们一旦找到讪笑的目标对象，有时候会变得麻木不仁，可能会产生出人意料的恶果。而且，不公允、不公义的事情会对一个人造成很深的影响。

后来，天赐觉得自己比别人强，想象自己是黄天霸，这是他对同学与老师待他的态度的反应，他不知道怎样去排解心中的郁结，唯有用自大作为出口。

**京京**　书里说了很多次天赐的鼻子老往上卷，"不屑于"的神气十足。我小时候老觉得他长着一个大象鼻子，不经意就卷起来，像卡通人物。

**桂枝**　他的"不屑于"的神气部分源于他找不到自我价值。

**京京**　他觉得自己比别人厉害，是由于他家里的条件不错，他妈妈给他打造的官派行头，令他有着"少爷"的气派。可是这些都是虚的，不是他内心有底气。他爸爸曾经是个成功的商人，可是他没有从父亲身上学到任何本领。最后他去卖水果，看见好吃的便自己吃，随便将水果送给别人，这样做买卖，怎么可能赚到钱。

我认为本领与才能全靠自己，与遗传没什么关系。得到好老师的教导，最终还是要靠自己学习和实践。一个条件太优越的人容易不思进取，浑浑噩噩，一事无成。《沉思录》的作者马可·奥勒留的皇位继承人康茂德得到王位后成为罗马帝国的暴君。他沉迷角斗，将权力交给了寝宫侍从长，将国家管治得一塌糊涂，导致民不聊生。父亲是贤君和哲人，可是他本人的言行品德堪忧。他曾将一个仆人关在烤炉里，只因对方给他准备的洗澡水的温度不合适。

**桂枝**　天赐的父母没有什么突出的才华，而他却有一定的天赋。

**京京**　他有文学天赋。

**桂枝**　他能写点东西，虽然不是天才，可是他有才华，可惜的是他的天赋没有被重视和培养。

**京京**　他能写诗，可是大部分时间他不知所云。他缺乏安全感，同时又傲气，希望自己做好，可是又不愿意付出努力。我不是说天赐不好，天赐表现出来的是人性，我自己也和他一样，有许多缺点，只是自己看不到。

## 牛老太太

**桂枝**　天赐不要再上这学校，可是他妈妈说偏要去，她说如果不去，就是让学校的人栽到了底。

**京京**　他妈妈为什么这样做？为什么完全从自己的角度出发，不去想想天赐会有什么感受？

**桂枝**　她没有考虑这些，争强好胜，只顾自己的面子。天赐只好继续上学，隔了一个暑假，学校闹风潮。天赐编谎言说自己看见了刺客，想象自己是黄天霸，抱着旧竹板刀在学校大门口守卫，后来被保安队抓起来，最后被学校开除。

**京京**　天赐这种极端的行为是内心压抑情绪的爆发，学校降他的名次，他要反击。他被开除后，妈妈带着天赐去讨理，开除学籍这件事原本可以有商量的余地，只是她妈妈摆着官派，说有八人大轿往回抬，天赐都不会在这学校读书，气冲冲拉着天赐离开。

**桂枝**　他妈妈觉得自己一辈子站在礼义廉耻、中等人家的规矩上，结果什么都没有了，后来便被气死了。她是因为面子、官派、自己的规矩，以及事事只从自己的角度出发害死了自己。天赐被降分与开除只是诱发的事件而已。

**京京** 作为家长，她错误地处理发生的事，没有帮助儿子。当儿子被降分，她要求儿子继续上学，十分愚昧。

**桂枝** 天赐妈妈是高傲惯了，冲动惯了，她的惯性是这样，事情的结果也就只能跟着她的惯性发展。一个人的思维惯性和行为惯性很重要，如果是不良的惯性，只会为自己带来障碍，伤害自己和他人。

这是性格的致命伤。如果她能够肯定儿子的成绩，接着和学校商议的话，事情会有不一样的结果。假如协商不成功，可以换学校。可惜她没有这样做，她强迫儿子继续面对不公正的对待，让事情一步步往坏的方向发展。

**京京** 她老以为全世界都应该听她的。只要事情不如她所愿，她便感到挫败和急躁。老舍在第二章介绍牛老太太的时候说到她是个自私的人，指的就是她只顾及自己的感受，缺乏同理心。

**桂枝** 人们经常这样，只要事情不如自己所愿便生气。

**京京** 凭什么事情会如我们所愿？我们并非宇宙的中心。她疼爱天赐，只是她看不到事情的重点，也看不见对方。

他妈妈十分希望天赐完成她当官的梦，认为书一定要往深里读，要不然便当不了官。

我在高中的时候有的妈妈希望自己的孩子全部挑高阶的课程，而不是采用三科高阶、三科普通程度的做法。这些想法与牛老太太一样，只为自己心中的那股要强的劲儿，将个人的愿望强加于他人。这些不顾客观情况，要往深里去读的妈妈也是愚昧。

**桂枝**　小孩不是给家长争面子的，他们的存在不是为了圆父母的梦。父母如果有任何梦想，自己去实现就是。梦想要靠自己实现，别人帮不了你。

## 为了那点钱

**京京**　纪妈说那点钱像恶鬼一样，给我的印象特别深刻。作为小孩，我没有多想钱。对于钱，我跟牛天赐的想法差不多，只知道有了钱便可以花，可以换取生活所需的东西。

**桂枝**　吃喝不愁，钱便像隐形一样，感觉不到。

**京京**　我没有想到人为了钱，需要牺牲。小时候看到纪妈的这段，我感到像五雷轰顶。

**那点钱！那点钱！！那点钱！！！……那点钱立在他们（指纪妈的家庭）与她的中间，像一个冷笑的巨鬼。**

**自己的娃娃，比天赐大着两个月，应当是一生日了。一生日了，自己的娃娃，会走了吧，长了多少牙，受别人的气不受，吃了什么，穿着什么……她看着天赐落泪，在夜间；白天，得把泪藏起来。**

纪妈因为没钱，生下了小孩后将他扔在老家，用给自己小孩的奶水喂养别人家的儿子。以前我不明白，为什么要这样，只是心里感到十分难过，觉得纪妈太可怜了。

**桂枝**　现在呢？

**京京**　明白了。

**桂枝**　你从小就从书本体验别人的人生。

**京京**　几行字，是某人的一生；几页纸，一个时代过去。

**桂枝**　《指环王》的作者托尔金说，通过读书，人可以在死之前活出许多辈子。

## 老刘妈

**桂枝** 牛家有另一位阿姨叫老刘妈,你怎样看她?

**京京** 老舍说得很清楚,老刘妈是走狗,为了寻求精神的安慰而自己安上尾巴。她的经济没有压力,可以回老家享受舒服自在的生活,只是如果回老家便没有人管她,会像一条没人管、没人命令的狗,会闷得慌。

许多人乐意让别人成为自己的主人,别人做了自己的主人,仿佛精神便有了寄托。

**桂枝** 今天许多人在网上寻求别人对自己的肯定,在生活上十分在意别人怎样看自己。

**京京** 重点是许多人不知道如何为自己去想,自己应该肯定自己的是什么,于是便去寻找别人的肯定。

## 人

**京京**　很多人只顾想着自己的利益而活,包括那些在老牛夫妇过世后来争家产、从他们家中抬走东西的人。

**桂枝**　天赐曾经喜欢的文瑛也一样。牛老先生过世,没有几个人来,出殡的时候天赐他们走到文瑛的家门口,她就那么站着,没有任何表示……似乎绝不认识天赐。

后来天赐穷困潦倒要到街上卖樱桃。

文瑛在摊旁站着,没向他点头,也没笑,就那么看了一眼,不慌而很快地走开。

"就那么看了一眼",这区区几个字掌握了文瑛内心的想法。她就只那么看一眼,快速决绝地走开,就在这一瞬间,我们认识文瑛,同时看到天赐在难过。

**京京**　幸好不是每个人都像文瑛。天赐的老师老山东王宝斋发财后选择回来找恩人牛老先生。他知道牛老先生存钱的源成银号倒了,牛老先生不会有精力去找他催债。然而他没有躲债,他回到县城找牛老先生报恩,找到天赐后,将原来欠的1000元,三倍奉还3000元。王宝斋的做法,在我小时候给我留下了很深的印象。我心里觉得王老师为人仗义，做了该做的事儿。

**桂枝**　虽然我感到王宝斋最后的出现有点不自然，可是他最后的出场带给天赐亮光。

**京京**　我小时候觉得王宝斋的出现很神奇，像从天而降。老舍选择光明，他极度热爱生命，所以他这样写。

**桂枝**　牛天赐被卖落花生的老胡发现在牛家门前，也是从天而降。这故事本身是写实的，却在开头和结尾带有神奇的、童话般的色彩。

**京京**　这是老舍的童心。

## 友谊

**京京**　天赐有四虎子这个朋友真好。他们是主仆，四虎子从小没得吃，又去抬冰，后来12岁被卖到牛家当仆人，他们之间没有主仆的制约，知心交心。

无论什么时候，四虎子一直在他身边。这是好朋友的特征。

顺境的时候，捧天赐的人一个个都在；家里没钱，这些人便马上跑掉。天赐家道中落，四虎子带着他去卖水果，不离不弃。

**桂枝** 当天赐要求四虎子帮他做一些事情，如果四虎子觉得不合理，他会断然拒绝。

**京京** 真正的朋友是当对方提出不合理的要求的时候不去迎合，当对方有过错，会坦诚提出自己的想法。不能跟对方坦诚相待，只会是泛泛之交。

## 现代生活

**桂枝** 因为内战，天赐念的小学里也一片混乱。提倡国货，提倡国术，提倡国医，所有的提倡都得小学生去做。小学生要喊口号，要打旗，他们根本不知道是怎么回事。

后面有一段话描写天赐的感受十分出色：

**在这种忙乱纷扰中，他（天赐）平日所要反抗的那些妈妈规矩倒变成可爱的了。他自幼就不爱洗脸，可是经过这么长久的训练他不喜欢自己变成土猴。**

他嫌妈妈禁止他高声说笑，可是在街上呐喊使他更厌恶。他不愿在家里受拘束，在街上的纷乱中叫他爱秩序。家庭的拘束使他寂苦，街市上聚会的叫嚣也使他茫然。

他不知怎样好，他只觉得寂寞，还得马马虎虎，只有马马虎虎能对付着过去一天。他不再想刨根问底的追问，该去的就去，提灯就提灯，打旗就打旗，全都无所谓。

**京京** 上面天赐的感受也是我们每个人的感受。我们从小经过长期的训练后，不喜欢自己没有规矩，可是规矩又让我们感到约束，没有规矩我们又厌恶。

**桂枝** 规矩可以是道德规范，命令法规，不按规矩可以理解为自己爱干什么便干什么。人，常常在这一正一反之间挣扎，不知怎样才好。到底要聆听自己内心的声音，还是根据约定俗成的道德和规矩活着？聆听了内心会不会是胡作非为，规规矩矩生活是否就是苟且偷生？

**京京** 阿波罗神殿上刻了一句话——"不过度"，中国人讲"中庸之道"。

**桂枝** 孔子提出过犹不及，过头和不及是两个极端。中庸之道是调节事物两端的优化策略，好像我们说一个人不能好高骛远，也不应自暴自弃。中庸之道是大智慧。

亚里士多德也认为许多美德都是在两端的中间，过了或是不及都不好。例如勇气是美德，过头就会显得鲁莽，没有足够的勇气人会显得怯懦；不卑不亢是美德，过了是傲慢，不及就是卑贱。

对于一个社会，中庸之道是在公心与私心之间实现优化的策略。香港有一家连锁粥店，每个星期免费发粥给老人，而这些粥是由有心人将钱交给粥店，由粥店提供场地和烹煮工艺。粥店在满足盈利的私心之外，发挥公心，这就是私心与公心之间的优化策略，是中庸之道。

**京京** 希望社会有更多这样的事。

**桂枝** 人的心性会变得更平和。

# 强奸男人的国度

《西游记》女儿国(吴承恩)

京京人生的第一套书是《西游记》连环画。小时候她将这套六十本的小人书放在床底下,有空便坐在地上不停地翻。从小学到初中,《西游记》原著成为她的随身宝,无论走到哪里,她的包里总带着上册或下册,随走随看,边看边乐。

## 第五十三至第五十五回女儿国梗概

唐僧师徒四人一路餐风宿水往西行,遇见一道小河,一湾清水,湛湛寒波。唐僧与八戒一时口渴,吃河水后腹痛无比。原来此处为西梁女国郊外，此河水为子母河，凡喝此水，便会得胎。唐僧与八戒大腹便便，众人忧心不已。一村中老妇告诉他们必须要到"落胎泉"取水，喝此泉水才能化胎。孙悟空为求得泉水，与管理泉水的财迷道士大打出手。取得泉水后，师父与八戒化胎休息，安然无恙。

师徒一路行进，到了西梁女国（即女儿国）。女王听闻唐僧为东土皇帝的御弟，欲与他成亲，并自愿退位为后，将王权交给唐僧。师徒没有得到女王的通关公文，不能离开该地，只能困在女儿国。孙悟空遂献计叫唐僧先行答应女王的亲事，应允将留在西梁女国当皇帝，让女王发出公文，令徒弟三人出关往西天取经，同时要求女王安排唐僧送三徒弟到关外。待三人出关后，师父下龙车，与女王告辞，师徒众人便可脱身。大家依计行事，出关后唐僧却被一名女妖摄去，并说要与唐僧耍风月去。

女妖精是蝎子精。她将唐僧带到自己的洞穴琵琶洞，对他诸般诱惑。孙悟空化为一只蜜蜂，到琵琶洞救唐僧，听到二人的对话有点调情的意味，焦急万分，马上告诉八戒与沙僧。三人决定第二天要再闯琵琶洞营救师父。蝎子精以尾上的钩子与两只钳脚，扎得三个徒弟疼痛难禁。后来得观音菩萨的提点，孙悟空请到昴日星官，以原形一只大公鸡，对妖精叫一声，令她现了本相。大公鸡再叫一声，蝎子精浑身酥软，死在坡前。

**人物**

唐僧
孙悟空
猪八戒
沙僧
如意真仙　　　　负责管理照胎泉与落胎泉
西梁女国国王　　欲与唐僧成亲
蝎子精　　　　　欲与唐僧耍风月
昴日星官　　　　帮助师徒降服蝎子精


🐦
## 没有男人的女人们

**桂枝**　中国需要更多像吴承恩这样的作家，颠覆常规。

**京京**　他在女儿国这几个章节表态了。没有男人，世界还是蛮不错的。西梁女国，国泰民安，商业兴旺，物产丰盛，国家管理得井然有序，

**虽是妇女之邦，那鸾舆不亚中华之盛。**

**桂枝**　吴承恩肯定了女性的能力。我觉得女人统治世界起码

会更和平。女人有先天的母性，不像男人那么好勇斗狠。事实上也不应该看男女之别，关键是自己如何看待自己，男女都具备智慧和才能，尽自己的能力发挥自我就好。我觉得对于女人来讲，要明白自己的身体不是装饰品，而是自己手中的乐器，要用好它，尤其要用好自己的脑瓜，奏出美妙的音乐。

## 人种来了

**京京**　既然没有男人的国家那么好，为什么师徒四人进了女儿国，人们夹道鼓掌欢呼："人种来了！人种来了！"

**桂枝**　女儿国里面年轻的女子看到男人，还是会与男人交合的。她们对性有欲望。

**京京**　性欲不分男女，吴承恩这个观点很公正。西梁女国的年轻女人会强奸那些路过女儿国的男人，之后会割下他们的肉，造成香袋儿挂在身上。八戒说他是头臊猪，身上有臊味，做成香袋也是臊的，所以他不怕。

**桂枝**　八戒不怕女人割他的肉是由于好色，他是《西游记》最出彩的角色，与其他师徒三人形成强烈的反差。说到底他也是个出家人，心里却老琢磨着女人，对比平凡无趣的沙僧，八戒简直是个活宝。女儿国里女人强奸男人还解尸割肉，这是多么颠覆的角度！除了远古，世界一直是个男权社会，只有男人对女人性侵。《西游记》是明代的小说，距今大约四百多年了，吴承恩这样写，太前卫了！

## 优质男人

**京京** 女王是一国之君，有权力有地位，她没有对唐僧无礼，没有强奸唐僧。她甚至在没有见到唐僧前，便希望与他共结连理，提出婚后让唐僧南面称孤，自己愿为王后。我认为她有点过，她明明是女王，为什么要把王位让给唐僧？

**桂枝** 这是传统的夫为妻纲、夫义妻顺的观念。男人要领导女人。女王这样做是为了能够生子生孙，永存帝业。

**京京** 从前一章看来，只要喝上子母河的水，女儿国的居民四到五天便可以生小孩，根本用不着男人。只是她们在怀胎后会在照胎泉照一下，如果腹中怀的是男的便会打胎，女的会留下。

**桂枝** 在女王眼中，唐僧是不一般的男人。女王听臣下来奏的时候，说道：

"东土男人，乃唐朝御弟。"

女王向往东土，仰慕唐僧是唐朝皇帝的御弟。

**京京**　为什么东土来的便是优质男人？

**桂枝**　这是阶级，就像有些人认为小镇青年比不上大城市的白领一样，是偏见。

## 动凡心

**桂枝**　我看到有人评论说，真正让唐僧动了凡心的是从女儿国掳走他的蝎子精。

**京京**　连孙悟空都以为师父把持不住了。他变成了一只蜜蜂，飞到蝎子精的琵琶洞，听到蝎子精准备了荤馍馍和素馍馍，唐僧与蝎子精这样说：

（唐僧）开口道："荤的何如？素的何如？"

女怪道："荤的是人肉馅馍馍，素的是邓沙馅馍馍。"

三藏道："贫僧吃素。"那怪笑道："女童，看热茶来，与你家长爷爷吃素馍馍。"

一女童果捧着香茶一盏，放在长老面前。那怪将一个素馍馍劈破，递与三藏。三藏将个荤馍馍囫囵递与女怪。女怪笑道："御弟，你怎么不劈破与我？"

三藏合掌道："我出家人，不敢破荤。"

那女妖道："你出家人不敢破荤，怎么前日在子母河边吃水高，今日又好吃邓沙馅？"

三藏道："水高船去急，沙陷马行迟。"

**桂枝**　女怪吃荤，唐僧吃素。蝎子精将素馍馍劈破，递与三藏。三藏也将荤馍馍递给她。

蝎子精问三藏为什么不把荤馍馍劈破，叫师父来破肉馍馍，带有明显的性暗示。你注意到后面这句吗？

"你出家人不敢破荤，怎么前日在子母河边吃水高，今日又好吃邓沙馅？"

061

蝎子精理解唐僧是出家人要吃素，可是唐僧前些日子喝了子母河的水怀了胎，后来又将胎打了下来。有一句连接的句子没有写出来，可是我们想想便知道蝎子精要说的是：

"你唐僧打了胎不就已经杀生了吗？为什么现在又假惺惺说自己爱吃邓沙馅的素馍馍？"

蝎子精真是个高手，没有明说，却暗示得一清二楚：唐僧你已经破了戒，咱们来耍风月吧！

**京京**　我喜欢这种中间带有省略号的，不完全说明白的对话，这是作者邀请读者参与进来的好手法。

**桂枝**　后来唐僧说"沙陷马行迟"，也带有自己把持不定，陷了下去的意味。

**京京**　难怪后来孙悟空说，如果师父被蝎子精哄了，丧了元阳，亏了德行，大家便散伙。

**桂枝**　这段写得太出色了，我也担心师父把持不住。

**粉骷髅**

**桂枝**　吴承恩将蝎子精描述为男性眼中典型的女性。

**京京**　蝎子精晚上用语言勾引唐僧,他漠然不听,目不视妖精。二人一直斗到更深,蝎子精没有办法,只好将唐僧绑起来。

蝎子精没有强行,没有像女儿国年轻的女性一样强奸唐僧。吴承恩眼中的蝎子精不是个激进派的非典型,书中表达的是女性还是要依顺男人的。

**桂枝**　三个徒弟到蝎子精的巢穴营救师父,猪八戒打破房门,小丫环向蝎子精报告,蝎子精的第一个反应是:

"小的们,快烧汤洗面梳妆。"

大难临头,蝎子精认为妆容最要紧,不能素颜打架。这个喜剧效果,同时说明了作者眼中的女性就是如此不识轻重,只知道爱美与外表,好打扮。

**京京**　当孙行者到了东天门请到了昴日星官,再次到琵琶洞救师父,徒弟们已经破了琵琶洞的两道门,当时蝎子精已经将唐僧松了绑,还要喂饭给他。

蝎子精的手下道:"奶奶!那两个丑男人,又把二层门也打破了!""那怪正教解放唐僧,讨素茶饭与他吃哩!"

**桂枝**　这边厢八戒他们在破门,那边厢蝎子精要喂饭给师父,可以直接做分镜头剧本。蝎子精如果要提升自己的法力,抓到唐僧吃他的肉就可以,没必要费那么多的周折。她这样对唐僧,是由于她真心爱上了唐僧。

**京京**　也可能是性,她可以通过性从唐僧身上获得金刚不坏之身。不管是性还是爱,蝎子精心软,没出息,这是作者对女性的另一层看法。

**桂枝**　文中还多次称女人为粉骷髅。女王和蝎子精都喜欢上了唐僧,二人都是粉骷髅。

**京京**　为什么是粉骷髅?

**桂枝**　粉是好看,骷髅是无皮肉毛发的死人骨骼,粉骷髅是漂亮的、没有生命的骨头。相对他们师徒三人到西天取真经所追求的不朽,女人只是金玉其外的死尸。

**京京**　凭什么能这样说!

**桂枝**　自大。

## 孙行者是位绅士

**京京**　孙悟空对女性挺有礼的,他是位绅士,很少伤女人。

**桂枝**　他是个残忍的人,经常一棒打死对方。遇到妖精的时候,他把土地叫来,说要是土地不告诉他这妖精的底细便马上伸出孤拐来受他一棒。遇到一群贼想伤害师父,大圣就把金箍棒胀大,把他们都压死了。可是对女人,他讲道理,一直说不能伤女儿国的人。

**京京**　哪怕在蜘蛛精的情节中,他知道那些女妖在洗澡,也不冒犯她们。孙悟空只装成大鹰,将她们的衣服叼走。

**桂枝**　大圣好像蛮有绅士风度的,而且挺天真,他以为将衣服叼走了,妖精们没有衣服穿,便会不好意思,待在河里不起来了。连后来这个蝎子精来闯祸,当星官叫完,她躺在地上的时候,他也不再打她。可是猪八戒爱打落水狗,上去几个钉耙就把她打死了。

在老婆婆说到女儿国年轻的女人会强奸男人的时候,行者说:

"女流之辈，敢伤那个！"

这是他内心的想法，他认为女人只不过是女流之辈，不能伤到他。女人的能力比他差太多了，我孙行者不屑和你怎么着，这是他内心的想法。他比女人优越，根本犯不着伤她们。他的绅士风度是源于优越感。

八戒不一样，在蜘蛛精的章节中他变成了一条鱼，在女子的裤裆里转来转去。见到蝎子精，他像雪狮子扑向火球，化了。因为心里有色欲，八戒受到制约，承受从欲望而起的各种磨难。孙行者从来没有对女人动心，从没有喜欢任何人。因为不动心，面对女人，他是自由的，不受情困，不被色欲折磨。

**京京**　悟空是石头变的呢！

## 女王

**京京**　女王与唐僧送师徒三人出城，唐僧下龙车，与女王拱手拜别。所有女子都知道上了当，西梁女国之女辈说道：

"我们都有眼无珠，错认了中华男子。"

**桂枝** 当时女王自觉惭愧。她知道唐僧是个有道的僧人，觉得如果满足她个人的愿望，只会妨碍唐三藏到西天取经。

**京京** 她对唐僧作出让位的建议，对方也答应了。事实上女王是受害人，被他们师徒骗了。她没必要惭愧，哪怕她生气也很合理。假如她后来感到内疚，那么她在开始的时候便不应提出与唐僧共结连理，之前的情节都应该不成立，女王应该早早给她们通关。

**桂枝** 别跟吴承恩讲逻辑，他超越了逻辑。

## 男人的绊脚石

**京京** 女王惭愧是吴承恩对女王最后落笔之处。女人，一直是师徒四人上西天取经的绊脚石。女的一般都是希望与唐僧交合后长生不老，而女儿国中的女王只是希望能有男丁存帝业。

**桂枝** 期望男丁要通过与男性交合，与色相关。爱欲莫甚于色。我们常听人说"色胆包天"，爱欲的力量很大，能够支配行为和意志，取经是做正事，做正事绝对不能受女色干扰。事实上问题不在女性，是男人缺乏自控力。

京京　有道理。后来写到女王见到唐僧后,觉得他一表人才,便有淫情。作者是带有批判性的,女人有淫情便不应该,男人有性欲便没什么,这是怎么回事?

桂枝　女儿国的故事假如变成男儿国便完全没有看头,不论男女,大家都受男权意识的影响。

## 女官来打扫

京京　你注意到了吗?宫里要为三藏师徒摆宴,打扫的人是女官。

**众女官钦遵王命,打扫宫殿,铺设庭台**。

桂枝　到底是当官的兼在打扫,还是打扫的有专门的官员,这点我们不清楚。依传统观念,打扫是女人的天职,是分内事。

京京　假如他的意思是女官应该负责打扫,便是性别歧视,意思是女人你懂什么,最多可以打扫打扫而已。

桂枝　这是其中一种可能。另一个角度是女官们很能干,在本职工作之外，还可以负责打扫。我看到不少女性高管喜欢决定会议的餐食，不少女性CEO喜欢安排与客户到什么餐厅、吃什么菜。女人喜欢兼做这些，没什么不妥。

**京京**　还有另一个角度：吴承恩认为打扫这事不简单，那么繁重的事务应该有专门的官员负责。如果他是这样认为的话，那就太好了！

**桂枝**　我们上哪儿找吴承恩去问呢？

## 小心糟粕

**桂枝**　唐僧和八戒喝了子母河的水后怀胎，后来听一个老太太说可以到"落胎泉"去取水，喝下去后便可以将胎化掉。可是在女儿国中，管生育的却是个男的。

**京京**　因为想生小孩的去喝河水，照了胎之后如果不是双影就是怀不上小孩，可能要落胎。照胎落胎都要泉水，泉水由如意真仙管着。他是个贪婪爱财的人，要给他送礼，给他花红和礼物才可以。女人生育那么重要的事情还是要男人来决定。

**桂枝**　大家默许了，也没有人提出反对。西梁女国的女儿们都默默承受这些不合理的事儿。

**京京**　孙悟空为了要取水救师父，和如意真仙大打出手，后来因为他是牛魔王的兄弟，孙悟空与牛魔王拜过兄弟，所以放了他。孙悟空打他是因为他不给落胎水，没有水救不了师父与八戒，放走他是因为自己的兄弟情。

这些都太有问题了。这个男的什么都没有做，只是坐在那儿收礼收钱，然后有了牛魔王的庇护便坐享其成。

**桂枝**　孙行者知道如意真仙做了不公义的事，却没有为女儿国的人们伸张正义，为了兄弟情便将他放走了，这太不应该。

**京京**　这个收钱收礼的真仙几百年来一直都在，这种只顾个人利益，不理公义的行为从不缺席。

**桂枝**　孙行者为了个人的关系将他放走，等于是默许不公义，甚至可以说是同流合污。《西游记》娱乐性丰富，可是读的时候我们必须要分辨这些，要不然潜移默化，会缺乏批判精神，对这些不公正的事情视若无睹。

**京京**　读出这些，能让我们学到更多。

# 血腥的教训

## 《小红帽》(格林兄弟)

童话故事都带教训。每次听到这个故事教训我们,我便会皱眉头,有关这点,京京与我一脉相通。

### 走歪路

**桂枝** 《小红帽》这个故事教我们要听话。我是个不听话的人,应该可以从中吸取许多教训。

**京京** 不听妈妈的话,走歪路便会出事。大人总喜欢这样教训小孩。

**桂枝** 妈妈吩咐小红帽两件事。第一,要将酒和蛋糕送到外婆手中。第二,不许离开大路,不要到处乱走。这里有两重,第一是完成使命,完成使命的前提是不要偏离大路。

**京京** 小红帽遇到野狼后,听了野狼的建议,给外婆摘花,离开大路后小红帽便出事了。事实上,她不是自己贪玩,她是想送花给外婆,为了给外婆献心意才离开大道的。

**桂枝** 不管是什么原因,反正不听话,离开大道便会出事,大家都认定这是故事给我们的教训。很多父母会跟小孩说,如果你不听话,大灰狼便会吃掉你,警察马上来抓你。古罗马时期的成年人会对小孩说,如果你不听话,凶恶的汉尼拔将军就会来吃你。可是,我们必须想想小红帽为什么偏离大道。我们不是为她辩护,而是要追问事情的动机。

**京京** 知道了动机,才下判断,而不是不假思索地觉得小红帽不听话,结果就像大人所说的怎样怎样了。

讲到动机,我们可以聊聊希腊悲剧《安提戈涅》。安提戈涅不顾国王的禁令,将反叛城邦的哥哥埋葬,后来被处死刑。可是,如果我们看看她的动机,便会有不同的看法。古希腊人相信，如果不好好安葬过世的人，死者的灵魂会在地狱与人间的边缘游荡，永远得不到安息。安提戈涅被处死是惩罚，可是她的动机是崇高的，她被处死是为了让哥哥的灵魂可以顺利到达冥界。她的死，正是这部悲剧闪闪发光的地方。

如果我们忽视小红帽偏离大道的动机是为了给外婆送花，只是片面去说她不听大人的话，这样做对小红帽是不公正的。

**桂枝**　人跟人之间的误会经常是基于人太快下判断，轻易假定对方不好。知道了一个人做某件事的意图和动机，我们能更好地了解一个人。这样，我们会变得宽容得多。

## 恐惧

**桂枝**　有些东西埋藏在表层下面，需要我们挖得更深，有一些凭直觉便能感受到。小时候想起《小红帽》我总觉得害怕。妈妈叫小红帽送东西，她独自一人走进森林，身边一个人也没有，抬头是参天大树，阴森森的，对小朋友来说是入骨的恐惧。

**京京**　对于小孩来说，没有大人在身边便会害怕。我记得小时候有次出去遛弯,转身之间不见了阿姨,我害怕极了。后来转过身发现她在路的另一边,只是自己看不见而已。

**桂枝** 你小时候我忙于工作,没有好好照顾你,真是十分抱歉。是的,我们从小就被赋予任务。小红帽走进森林,是妈妈要她去送东西。当时我在公司上班,每天需要完成很多工作,而你,作为小孩,同样任务繁重:要完成学校老师给的作业,学音乐要弹好老师安排的练习曲与乐曲。

我们期望得到他人的认可,而认可往往是来自完成任务。小红帽要顺利将酒和蛋糕交给外婆,上班族要完成老板交付的任务,这是相通的。

我记得小时候妈妈叫我出去买东西。当时我是小学生,我从出门就一直念:"一斤红豆,一斤绿豆,一斤冰糖。"直到我到了杂货店告诉老板"一斤红豆,一斤绿豆,一斤冰糖",任务完成后,我才感到如释重负,高高兴兴胜利回家。从家里去商店的路不远,没有车很安全。可是在我的脑海中这段路很长,像永恒一样。

我觉得每个人都有类似的经历。一方面期望自己做好,使命必达;另一方面又害怕做不好不被认可,害怕被排挤在外,担心被遗弃。

京京　旁人能鼓励你，最终，事情还是要靠自己行动。靠自己去做好。

## 认可

京京　人渴望别人看得起自己，得到社会的认可，这很自然。亚里士多德说："人是社会的动物。"周围没有人，我们会感到孤单，我们需要其他人接纳。

桂枝　我们都担心被人遗弃，没人理会。我还记得小时候被妈妈说不要我了的情景，我一个人在厨房哭，难过得很。小孩怕没有表现好，怕被大人骂，大人害怕不被社会认可，这是人类共有的焦虑，是共情，不分年代、性别和年龄。人是社会的动物，也包括我们不能伤害他人，不能去偷其他人的东西，不可杀人。

京京　我觉得不只这些。

桂枝　你说的是我们与他人的关系对吗？我们花大量时间去做的事，绝大部分是与他人相关的。例如我们说某人是工作狂，工作起来什么人也不搭理，冷落了身边的亲人和朋友。事实上不是，这个人全力以赴去工作是意图取得成功。他希望有房子有车子有个漂亮的妻子，得到别人的认可。因为社会认定有了这些便是成功，他便全心全意去追求成功。

金钱是什么？金钱是一个具备社会性的概念，一个大家都相信与认可的概念。人赚到钱，能用金钱换取货物。一个人用金钱购买大家认定的东西，大家便认可他。假设一个腰缠万贯的人在荒岛，他包里面有多少钱都只是纸张而已，因为荒岛没有人，没有社会，包里的金钱便会回到它的物理属性，只是一捆纸而已。这时候，富人的身边没有人，他不可能得到别人的认可，他只是一个流落荒岛的人。

**京京** 古罗马时期人们家里没有自来水，没人能花得起钱将水引到自己的家中，养鱼是件天方夜谭的奇事。当时有位老将军在家养鱼，所有人都觉得这事太匪夷所思。又例如在那个时代，紫色是达官贵人穿的色彩，人们为了得到一件紫色的袍子，不惜花重金换取。现在，打开水龙头就有自来水，家家都可以养鱼，谁都可以随时随意一身紫色装扮。所谓高贵与身份，受时代的变迁、供求关系，以及人们的看法影响。

**桂枝** 每个时代，人们渴求的东西不一样。今天，社会上大多数人决定了拥有某款限量版名牌包是品位的象征，人们希望自己成为别人眼中有品位的人，便渴望拥有这款商品。一个人希望得到更高的社会地位也是为了赢得他人的认可。不被认可便会感到自己被遗弃。

**京京** 我不是说地位没有意义。我懂得什么？我只是回到自身，想想自己希望得到的是什么。我希望活得怡然自得，平静又快乐。假如这是我的需求，那么我要想想名牌服装和包包是否能让我平静又快乐。如果名牌做不到，那么它们不值得我追求。

想清楚自己需要的是什么，是要将名牌挂身上，学习得到一级荣誉，还是要追求名车和大别墅？我常常提醒自己，到底是自己真的需要，还是希望得到别人的认可。

**桂枝** "想要"在英语中是 want，"需要"是 need，"想要"和"需要"是两码事。当自己想要一样东西，想想自己是否真的需要，如果你不需要它，将它放下。

## 贪心

**京京** 这个故事还有一些有趣的地方值得我们注意。野狼遇到了小红帽，当时他想，小红帽一定比外婆美味得多，如果自己能将她们两个全吃进肚子里，比单吃外婆更好。

**桂枝** 野狼做到了，只是它吃得太饱，吃饱后睡着打呼噜的声音太响坏了事。猎人路过听到呼噜声觉得可疑，走进外婆的家中，发现野狼躺在老太太的床上。

**京京** 野狼太贪吃了。假如它不那么贪，在小径只是吃小红帽一个，没有人会找到它，更不会被猎人剪开肚子。它是因为贪心而遭殃的。

**桂枝** 我没想到这个故事有教人不要贪心这一层。可是，不知道有没有人会认为这样说是鼓励野狼吃人。

**京京** 我们不妨从另外一个角度去看。正是野狼的贪心，最终拯救了小红帽。因为他贪心，他吃完一个又一个。最后小红帽和外婆能脱离险境，是由于野狼太贪心。

**桂枝** 因此，这个故事不一定是教训我们要听话，而是告诉我们，野狼最后悲惨的下场与公义无关。野狼的死是因为自己没有想到吃得太饱会带来危机，贪心会遭遇杀生之祸。这样的结论，比小红帽不听大人话而出事有意思得多。

**惩罚**

**桂枝** 野狼吃掉外婆和小红帽，猎人用剪刀剪开了野狼的肚子，外婆与小红帽爬出来后，小红帽她们又将石头放进野狼的肚子里，石头太重，最终野狼死去。吃活人，剖肚子，将石头放进他人的肚子，令对方腹胀下坠而死，情节相当暴力、血腥、残忍。

许多童话的原始版本都血淋淋。例如《灰姑娘》的其中一个版本，写姐姐为了能穿上玻璃鞋，将脚趾生生斩断。白雪公主的继母最后被王子罚穿烫红的铁鞋子跳舞，然后被烧热的铁烫死了。后来，许多残忍的情节都被改写，尤其是电影版本经常做大幅度的删改。

**京京** 无论怎样改，大部分童话都是说小孩不听教训，下场就会像童话中的人物一样悲惨。这是在恐吓小孩子，用负面的结果来说教。我反对这种做法，不赞成打是疼、骂是爱。可能有些父母觉得打和骂才能让孩子得到深刻的教训，我觉得这样做，只会伤害小孩，打击他们的自尊。

**桂枝** 这点我很同意。我小时候不想喝苦凉茶，偷偷倒掉被妈妈发现，妈妈知道后责备我，说了些狠话。当时我觉得自己做了天大的错事，心里很委屈，觉得整个世界塌了下来。这事我一辈子都忘不了。

**京京** 我的朋友也有类似的经历。父母控制不住自己，用了一些狠毒的话责备他们，对他们造成极大的伤害。还有一些父母望子成龙，对儿女说，如果你得不到多少分数，考不上名牌大学，便是没出息，就不是自己的儿女。儿女听到这些话会感到羞愧，无地自容，一切的压力源于达不到别人的要求。不被亲人认可和接受，对任何人来讲都是打击，更会给小孩带来一生的负面影响。父母希望小孩实现自己心中的梦想，要他们得高分，为他们争面子，这种爱是带条件的爱。

**桂枝** 我觉得事情是这样，没有一个人应该控制另一个人的人生。无论是父母、朋友、夫妻还是恋人，各自做好自己就好。还有，事情不如自己所愿是常态。只要自己努力了，谁能保证自己不失手，不失败？尽力去做就好。

**京京** 我记得当时我在选大学。你说，去什么大学都好，都全力支持。我感到被信任。父母需要让子女知道他们的爱是无条件的爱，是赋予信任的爱。我不是说父母不需要管教儿女，要管教，可是不是控制，更不能溺爱儿女，过分给予，事事为他们想妥，帮他们做好。假如儿女有什么做得不好，又或者没有达到自己的要求，千万不要说要抛弃他们。

**桂枝** 不要让别人实现自己的梦想，自己的梦想交给自己去实现。

## 性别

**京京**　童话经常歌颂男性是英雄。小红帽与外婆被男猎人救出，《白雪公主》有男猎人仗义救公主，睡美人也是被王子救活的。童话的终极救星是王子。大部分童话都是英勇的男性骑着骏马，一身英武，救助弱小的女性。

**桂枝**　这对男孩会构成心理负担，让他们感到一定要当强者。有些男性天生比较阴柔，有的女性本性比较刚烈，这是自然的事。女性不一定就是弱，男性也不是必须勇猛和强壮，我认识不少男性饱受男儿当自强的压力，活得太难了。一个人从小便被灌输这些观念，心理健康会受到影响。没必要有那么多的框框，顺其自然就好。

**京京**　性别不应定义性格，就像肤色不能决定一个人的秉性。肤色与种族是天生的。黑人绝不会更喜欢触犯法律，亚洲人不一定个个勤奋。你是女人，不代表你必须勤快做家务，会烧饭，爱打扮；你是男人，不代表你必须压抑自己的情感。今天有人提出"男子气概是有害的"，说的就是性别陈规带来的祸害。如果一个男人不能把握全局，不能出人头地便是失败，这种想法对男性不公平。男儿有泪不轻弹，一定要事业有成，攀登高峰，无论如何都要"撑着"，这些都是性别陈规。

假如男人都这样，女人只能当弱者，听命于男人。其次，这样只会让男人承担一切，这样对男性并不公正。我认为没有一个性别能凌驾另一性别，大家做好自己便是。

**桂枝**　童话故事都带有性别陈规的毛病。还有商品也是，为什么小女孩便要穿粉红色，男孩要穿蓝色？有时候我想，这到底是小女孩、小男孩本身自己的喜好，还是社会给小男孩和小女孩预设的条条框框。大家没有多想便接受了。没有人提出，没有人质疑，东西又卖得很好，事情便这样下去了。就像没有多少人会想想小红帽走歪路的动机一样。没有人提起，大家便没有想到，一代又一代的小孩和家长都让故事这样讲下去。

### 不一样的结局

**京京**　我看过一个比较有趣的结局。这个改写的《小红帽》告诉我们走歪路不见得是件坏事，而且解决了故事中男猎人勇救外婆与小女孩的性别陈规。这是来自罗尔德·达尔（Roald Dahl）写的一首短诗。诗的最后一段写当小红帽看到野狼锋利的牙齿后，她做出了以下的反应：

那个小女孩微笑，
从她的短裤拔出手枪，
砰砰砰砰，
野狼一命呜呼。

几个星期后，
我在森林里遇到小红帽，
她没有穿上红色袍子，
也没有戴上红帽子，
她对我说："哈喽，请你看看我的新狼皮外套。"

# 我们都是麦克白

## 《麦克白》(莎士比亚)

每个《麦克白》的读者心中都有一个麦克白。莎士比亚从来没有对剧中人物的形象作出任何描述,他将这些交给演出者来完成。至于没有看过话剧演出的读者,只能在自己的脑海中幻想。

京京和我从来没有讨论过剧中人物的外貌,也不打算交流。自己心中的麦克白,要留在自己的心里。

## 梗概

《麦克白》是莎士比亚最短的一部悲剧。戏剧讲述苏格兰将军麦克白从三位女巫处得到预言,以为自己将成为苏格兰国王。由于内心经受不住权力的诱惑,加上妻子不断撺掇,麦克白暗杀了国王邓肯,自立为王。成王后不久,麦克白堕落为暴君,精神饱受折磨,其夫人得梦游症,不分白天黑夜不停在梦游中洗手,期望洗清心中的罪过。最后以麦克白夫人自杀,麦克白被邓肯的儿子马尔康杀掉告终。

## 人物

| | |
|---|---|
| 邓肯 | 苏格兰国王 |
| 马尔康 | 邓肯之子 |
| 麦克白 | 国王邓肯麾下的将军,后来成为苏格兰国王 |
| 麦克白夫人 | 麦克白之妻,后为苏格兰王后 |
| 班柯 | 国王邓肯的军中大将 |
| 三女巫 | 预言麦克白将成为苏格兰国王 |
| 麦克德夫 | 苏格兰贵族,后成为麦克白的反对者 |

## 欲望

**桂枝**　如果要将1606年写的《麦克白》带给你的启示应用到今天,你会想到什么?

**京京**　我会想到这样的情景:一天晚上我在街上散步,看见路边有个书包,里面有一捆钱,共有十多万元。四周一个人都没有,没有探头,捡起这书包没人会知道。我很想得到这些钱,我该怎么办?

我站着犹豫了半天,一方面觉得可以将钱拿回家,同时又想起古罗马的哲学家爱比克泰德说过:"当你一个人关起门,拉上了窗帘,不要以为只有你一个人在房间,因为神明在这儿。"

一个人在路上看见钱,不只是你的躯体存在,你的理智与良知与你同在。我大可听从欲望,拿走这些钱,也可以选择将钱交到警察局,又或是什么都不做,直接回家,关键是看自己如何选择。每个人都拥有自由意志,如何选择是自己的事,你选择了,就有相应的行动,行动会带来结果。

**桂枝**　在麦克白还没有谋杀国王邓肯前,他心里这样想:

**要是干了以后就完了，那么还是快一点干；要是凭着暗杀的手段，可以攫取美满的结果……**

我们看见欲望在挑逗他。麦克白，你看，王位马上就到手，要赶快点，美满的结果就在眼前。

**可是在这种事情上，我们往往可以看见冥冥中的裁判；教唆杀人的人，结果反而自己被人所杀；把毒药投入酒杯里的人，结果也会自己饮鸩而死。**

接着，麦克白的理智跟他说，这样做他将要接受恶果，受到审判，最终自作自受。

**京京** 在强大的欲望面前，麦克白的理智软弱无力。魔鬼能触碰他因为他容许魔鬼这样做。

**桂枝** 每个人都会面临麦克白面临的问题。在欲望面前，我们的理智和良知是否能击败欲望？麦克白的故事是人类欲望的强化版本，他面临的诱惑是王位，这是欲望的巅峰。看过《麦克白》，几乎不能不问这个问题：如果我处于他的位置，我会怎样做？

## 我是麦克白

**京京**　我喜欢这部剧是因为主人公是个反面人物。他对自己所做的恶事不断忏悔和自责。他清醒，知道结果是什么；他恐惧，害怕别人知道他做了恶事；他反省，明白自己犯了重罪。麦克白内心的挣扎，令这部剧意味深长。

**桂枝**　这就像我们说魔鬼是堕落的天使。堕落的天使比一个完全邪恶的魔鬼令人深思，因为他在作恶的时候会有另一个声音跟他说话，这声音是他过去作为天使的意识与念头，每次作恶，天使都会跑出来与魔鬼低声耳语。

**京京**　麦克白在作恶的时候拒绝内心的理智，一次又一次拒绝，每一次他好像能抓住理性与良知，他斗争，然后又输掉。

**桂枝**　我们看见他的理智不断与欲望厮杀，在打一场无休止的仗。他时刻在面对理智的叩问，一直在懊悔与自省，与此同时，麦克白服从欲望，奋不顾身在作恶。

**京京**　麦克白是将军，本是个勇敢的人。

**桂枝**　莎士比亚在告诉我们，面对欲望的时候，要意识到理智和良知的存在。他用一个将军来讲这件事，会不会是特意的安排？

**京京**　面对强大的欲望，将军也失手。

**桂枝**　他失手主要是由于错了第一步，也是最重要的一步——谋杀了国王邓肯，之后他一直错下去，又不断跟自己斗争。

**京京**　他对付班柯将军的时候说：

**我已经两足深陷于血泊之中，要是不再涉血前进，那么回头的路也是同样使人厌倦的。**

他自己在恶的道路上已经泥足深陷，回不去了。他希望做正确的选择，做更有人性的抉择。每一次，都为时已晚。

**桂枝**　太晚会不会是他给自己的借口？他不停地斗争，不断做出埋没良心和理智的决定。

**京京**　正是这挣扎令我们同情他。他的挣扎让我感到，麦克白就是"我"。

## 女巫

**桂枝**　剧中有三个女巫。她们告诉麦克白,他将当王。

**京京**　有的人以为麦克白做的一切是冥冥中的安排,因为女巫预言了未来。

**桂枝**　女巫在开篇日落时出现,她们是阴暗的。当时麦克白刚击败了挪威军,这是他夺取王位的最佳时机,就像你提到在路上看见钱,如果周围有其他人,你不会出现贪念。作恶的意识会寻找最理想的机遇出击。所以,女巫在最适当的时机出现在麦克白面前,告诉麦克白他将为王。她们所说的正是麦克白心中所想的,麦克白接二连三坐实女巫的预言,是由于心中所念,有点像今天我们说的心魔。

**京京**　不管诱惑是来自女巫还是麦克白的内心,他可以选择拒绝诱惑,不杀国王邓肯。就像我开始的时候提到,选择不捡起街上的金钱据为己有。

**桂枝**　他没有拒绝诱惑。女巫给出的这番话,与其说是预言,不如说是圈套。

**麦克白永远不会被人打败,**

**除非有一天勃南的树林会冲着他向邓西嫩高山移动。**

一方面女巫确实讲出将来会发生什么，可是她们的说法是引导麦克白要放手去做：麦克白要像狮子一样骄傲而无畏，不管人家的怨怒，不要担忧别人算计自己。女巫在后面提到的情况只是一个条件，除非发生树林移动这件人间罕见的事，你，麦克白才会出问题。世界上没有人会认为树林移动会成为现实，尤其对一个活在十一世纪的人来说，这是天方夜谭。

**京京** 女巫说的这段话是个陷阱。从麦克白的角度看，预言的全文，不过是一番励志的言论。

**桂枝** 有些人以为都是女巫不好，她们已经预言，麦克白只能听从命运。

**京京** 假如这是莎士比亚的动机，莎士比亚不可能伟大，《麦克白》也不配万古长青。麦克白最后与麦克德夫决战的时候提到：

**他们用模棱两可的话愚弄我们，听来好像大有希望，结果却完全和我们原来的期望相反。**

所以，她们所说的，是陷阱，预言是否会成真，由麦克白自行决定。

再者，这些女巫不是命运女神。她们敬拜的神是古希腊的赫卡忒。她是站在十字路口的巫术女神，根据古希腊神话，真正的命运三女神谁也不敬拜。命运女神编织未来，不会说出预言，神王宙斯也畏她们三分。

十一世纪的苏格兰，人们相信世间只有一个神——耶和华。敬拜赫卡忒是有违当时的信仰，法律不容许人们用任何邪灵达到任何目的。

**桂枝** 这三个女巫长了胡子，不男不女。从英语的文本中，咱们俩推测她们强奸了一个水手。她们的外貌和行为都违反了自然之道。剧中所说的自然之道就像咱们中国人讲的天道。

**京京** 当时的社会男尊女卑，女巫违反社会秩序强奸了一个男人。这让我想起在中世纪，没有一条法律不容许女人打男人。因为中世纪的人觉得女人不会打男人，也打不过男人。她们去伤害男人，在当时绝对不可以被接受，更有违自然之道。

**桂枝** 讲完移动的森林后，当麦克白追问女巫班柯的后裔会不会在这片国土上称王的时候，女巫没有回答他。如果班柯的后裔会称王，麦克白便没有必要再作恶下去，后续的故事也不会发生。女巫不说，是因为她们只是在引导麦克白作恶。假如她们是预言家，便应该将这些全说出来。

**京京** 预言挺有意思的。人们常常说，这星座预言很准，到底预言是否也像上面所说的，只是一种引导？许多人看星座会对号入座，自己所属的星座有什么特点，便往人家所说的去想和去做。

**桂枝** 我从来不看星座，我选择自己认识自己。

## 自然之道

**桂枝** 莎士比亚与马可·奥勒留一样，重视美好的自然本性。美好的自然本性可以从观察大自然中学习。我喜欢植物，我从观察自然学会了如何照顾好植物。例如猛烈的阳光下不要浇花，因为烈日之下一般不降雨。观察自然，让我明白要顺应自然，不能自以为是。

让我们回到国王邓肯，他用种子和树做比喻，提到自己要培养两个人：麦克白和班柯。

**京京** 班柯对自己的前途是满意的，他知道只要一直效忠国王便能得到更高的官位。他用植物做比喻，希望自己自然生长。可是麦克白却等不及，他不能等到果子自然熟，所以当国王说要培养他们二人，麦克白心里想，我不能等那么长时间，我要当国王，尽快当上。他用了违反自然的途径，谋杀国王。

**桂枝**　麦克白做了亏心事，晚上难以入睡。剧中说他是一只猫头鹰。在西方，猫头鹰是不吉利的预兆。剧中提到猫头鹰杀了猛鹰，就是比喻麦克白僭越序位，违反自然。

**京京**　你记得吗？当麦克白成王之后，他的恶延展到他的国家：每个新一天的早上，房子有新的寡妇，还有新的孤儿在啼哭，国家都不敢认识自己。国王被杀后，他的良马疯狂地逃出马厩，传说还互相吞吃。

邓肯将他的国度比喻为星星，可是麦克白感到星星有威胁。麦克白说要星星躲起来，因为他心里不能接受光芒。当他要杀掉班柯的时候，他说黑夜要降临。

**桂枝**　邓肯出现的时候燕子来了，他在位时一切美好地生长，这是寓意邓肯的统治是与自然的本性一致，而与麦克白有关的是猫头鹰与乌鸦，根据当时的风俗，这些都是带凶兆的鸟。

**京京**　听起来好像有点迷信。可是，在他们那个年代，人们相信这些。当魔鬼没有征服人时，人是清白无罪的，是与自然一体的，一旦出现反自然常态的现象，便寓意与魔鬼相关。

## 美好的就是丑恶的

**京京**　当时盛行巫术。我觉得莎士比亚把女巫写进去，是有特别的意义。因为在自然之道之外，有邪恶之道。人想向善，可是受到"恶"的诱惑。女巫代表着与善并存的恶。

**桂枝**　故事开始女巫唱歌，有一句歌词很重要：

**美好的是邪恶的，邪恶的是美好的。**\*

（本页两句引文基于英语原文翻译，与朱生豪译本不同。）

**京京**　麦克白是邪恶的，也是美好的。自由意志一直在人们的手中，如果人们选择善，邪恶的会变成美好的；选择恶，善的变成恶。

**桂枝**　你注意到吗，女巫刚出现，麦克白这样说：

**我从来没有见过那么美好和邪恶的日子。**

**京京**　当时女巫还没有与麦克白对话。这句话是麦克白与女巫的紧密关系的埋伏,预示麦克白将受困于善恶之间。

**桂枝**　我认为这句话是《麦克白》这部剧的中心主题——欲望是丑陋的,甚至是邪恶的。人向往善,在恶之中挣扎。这是人类永恒的主题。麦克白在欲望中后悔,挣扎,让我们看见裂缝,同时见到光。

**京京**　奥勒留在《沉思录》中曾经教导我们,要从裂缝中看见光明。

## 麦克白杀害了睡眠

**京京**　有天晚上你突然跟我说,麦克白杀掉了睡眠。麦克白行凶后仿佛听见一个声音喊着叫他"不要再睡了!麦克白已经杀掉了睡眠"。国王是在睡梦中被麦克白杀掉的,直白的理解是麦克白杀掉了睡梦中的国王。

**桂枝**　麦克白谋杀了国王,剥夺了他睡眠以及生存的权利,后来他自己一直失眠,从麦克白自身的角度看,他的睡眠也被他自己杀掉了。失眠是一个人谋杀了睡眠,这是多么诗意的说法。那天我睡不着,想起了这个,便躺在床上说麦克白杀死了睡眠。

**京京**　睡眠是什么？如剧中所说，睡眠是清白的，是自然的，睡眠滋养生命，抚慰心灵，是我们每天短暂的休克。麦克白杀掉了睡眠同时象征他杀掉了清白，毁灭了每天可以让自己逃避烦恼的时光，永远不得安宁。

**桂枝**　不只这些。麦克白夫人给两个侍卫的酒下了麻药，要嫁祸他们。当麦克白下手杀国王的时候，侍卫在酣睡中，趁他们睡着，麦克白夫人将血抹在他们的手中和脸上。后来，麦克白杀掉他们灭口，我们可以推断麦克白是在侍卫睡着的时候下手的，这样做神不知鬼不觉。所以，麦克白一共杀掉了四个人的睡眠。

**京京**　没完，还有麦克白夫人。麦克白杀了国王之后，麦克白夫人睡不着。她在梦中尖叫着醒来，后来更得了梦游症。梦游是一种类似丧尸的行为，也是睡眠被谋杀的后果。

**桂枝**　这样算起来，麦克白共杀了五个人的睡眠。

**京京**　麦克白夫人的睡眠是否由麦克白杀掉，这点不一定。可是，麦克白作恶，令这些人长眠不起，同时令自己永远不得安宁，这是肯定的。

## 找借口

**桂枝**　当麦克白要去杀邓肯的时候,他与夫人约定的信号钟声响了。麦克白心里想,就这样干,钟声在招引他。接着他说,邓肯,不要听它,这是召唤你上天堂或是下地狱的丧钟。

第一,敲响丧钟是西方葬礼中为死者举行的仪式。麦克白认为是丧钟在召唤国王上天堂或下地狱。他要杀国王,还想着要劝国王不听钟声,劝对方不要让钟声安排自己的命运,这是多么纠缠的挣扎。

第二,他把责任推给钟声,跟自己说,不是他麦克白要将国王置于死地,这事是钟声干的,是钟声叫他去杀人。

**京京**　麦克白说自己的手是血,要洗掉自己手上所干的。在英语里的理解,当你说要洗掉自己手上所干的,寓意你要逃避自己该负的责任。

**桂枝**　由始至终,麦克白试图将"恶"排除在自身之外。国王死了,侍卫在睡梦中惊慌地说"上帝保佑我们"。麦克白想说"阿门",却说不出来。"阿门"这两个字是人们在做祈祷的结束语,表示"诚心所愿"。

**京京**　归顺了魔鬼的麦克白，说不出要请上帝保佑他。

**桂枝**　"阿门"永远哽在麦克白的喉间。每次读到这里，我都十分难过。

**京京**　他谋杀国王，将自身的神圣美德摧毁。理智与良知离他越来越远，他的心不再清白无罪。

### 我不敢可是我又想要

**桂枝**　麦克白夫人用性去诱导麦克白，要他做出大丈夫应该做的事情，要勇猛，不能后退。

麦克白夫人对他说：

**难道你……因为追悔自己的孟浪，而吓得脸色这样苍白吗？……你不敢让你在行为和勇气上跟你的欲望一致吗？**

麦克白夫人用性关系说出自己内心的目的，要麦克白杀国王。她说丈夫是个胆小鬼，明明有欲望心里又胆怯。我相信没有多少男人能承受女人挑战自己的男儿本色。对杀敌无数、战功彪炳的麦克白将军来说，麦克白夫人说的这番话，相当难招架。

**京京** 麦克白叫夫人闭嘴。然后他说没有人比他的胆子更大,男子汉能做的,他都能做。欲望的诱惑太大,他要不顾一切去实现,只是他心里同时跟自己说,"我不敢可是我又想要"。

**桂枝** 麦克白夫人不停用话语诱导他:是男子汉就应该敢作敢为,只有皇冠才能够彰显男人的尊荣,也就是说,麦克白,如果你得不到王位,你便不是男人。

**京京** 她用男子气概刺激自己的丈夫,一定要得到最高的荣誉,必须要当王。麦克白是被"恶"一步一步推着,其中麦克白夫人担当了重要的角色。剧中不停提到"自然"这个概念。麦克白夫人是不自然的。她认为麦克白的犹豫不决是娘娘腔。她充满野心,暴力残忍。

**来!注视着人类恶念的魔鬼们!**
**解除我的女性的柔弱,**
**用最凶恶的残忍自顶至踵贯注在我的全身;**
**凝结我的血液,**
**不要让悔恨通过我的心头,**
**不要让天性中的恻隐摇动我的狠毒的决意!**

这是她的心声。她提到当她在喂养婴儿的时候，会从怀中摘下乳头，将婴孩的脑袋砸碎。剧里不停用了"奶"作为培养的意象。奶是赋予生命的，她这样做，是违反自然的母性。在她的眼中，麦克白身上的血性不够，像是流淌着奶水。

**桂枝**　麦克白夫人清楚杀人在道德上要付出代价，只是她选择将道德的代价放在一边。后来，她不停洗手，经常梦游。黑夜中，她和自己的灵魂搏斗，尖叫，呼喊。医生回天乏术，作为一国之君的丈夫束手无策，身边没有一个人能拯救她。夫人虽然狠毒，还是在内心打了一场欲望与良知之战。

**京京**　最终她的欲望击败了良知，自己消灭了自己。

## 后悔

**桂枝**　当麦克白杀死国王后，麦克白夫人感到费尽了一切，结果还是一无所得。杀掉国王后，她整天充满疑虑，觉得自己比不上国王邓肯那样，死了就长眠不醒，无忧无虑。

麦克白夫人感到生不如死，可是当她见到麦克白的时候，却隐藏了心中的悔过。麦克白不知道夫人后悔，接二连三作恶。

**京京**　麦克白夫人知道自己的未来只能处于恐惧之中。杀人后，两人在睡眠中尖叫着醒来。莎士比亚对他们的良心进行了一次美妙的意象描述。

麦克白夫人说："无法挽回的事，只好听其自然；事情干了就算了。"

**桂枝**　麦克白夫人是个实际的人，比方说她认为死去的国王长眠不起，比她的日子过得好，做过的事情米已成炊，没必要后悔。她想到的都是自己眼前的利益。我倒觉得后悔是件好事，你认为呢？

**京京**　后悔当然是件好事。不后悔是情绪的压抑。很多时候，如果我们不理会自己心底的感受，最后很容易会因缺乏宣泄的出口而崩溃。后悔也好，感到自己做错也好，假如只是放在心中不去排解，可能会像麦克白夫人一样，最后疯掉。

**桂枝**　后悔便好好去后悔。当我感到后悔，我便会反省。假如麦克白夫妇后悔后反省，说不定他们会弥补自己的过失，好好统治苏格兰，最后，麦克白的下场不至于如此悲惨。

## 我们都在一正一反中

**桂枝** 夫人死后我们没有看到麦克白哀悼。他只是说：

人生不过是一个行走的影子，
一个在舞台上指手画脚的拙劣的伶人，
登场片刻，
就在无声无息中悄然退下；
它是一个愚人所讲的故事，
充满着喧哗和骚动，
却找不到一点意义。

**京京** 麦克白突然成为存在主义者，质疑人生的意义。他选择杀人，他用行动满足自己的野心，可是感到最终一无所得，虚空的人生没有任何意义。

**桂枝** 杀掉国王，麦克白感到后悔；不杀国王，麦克白也会后悔；得到王位他苦恼，得不到也难受。生活中我们不也是一样吗？结了婚后悔，不结婚同样后悔；离开一个人感到后悔，不离开有一天也会感到后悔。在一正一反中，虚度一生。

## 顽强到底

**桂枝** 质疑了存在的意义后,麦克白决定奋战到底。

**敲起警钟来!吹吧,狂风!来吧,灭亡!就是死我们也要捐躯沙场。**

**京京** 他最后可以选择投降不打,可是他没有退缩。

**桂枝** 他从来不是弱者。麦克白打的是一场自我的欲望与良知的战争,我们不妨将这场战争推演为人类的欲望与良知之战。欲望让人类取得地球霸主的地位,同时也会让人类像麦克白一样,有一天因欲望而灭亡。

**京京** 人类会像这位勇猛的将军一样,服膺欲望,擎起雄壮的盾牌,尽最后的力量。

**桂枝** 麦克白说要战到全身不剩一块好肉。人类会这样吗?

## 纽带

**桂枝**　班柯与麦克白原来都是苏格兰军中的大将,麦克白得到王位后,班柯宣誓自己将对麦克白忠诚。我们可以用一个词来形容两个人的关系:纽带。

**京京**　纽带是西方一个重要的概念,相当于我们说的紧密关系。当麦克白杀掉邓肯的时候,他说自己正摧毁与撕裂那纽带。

**桂枝**　他杀掉邓肯,破坏了君臣之间的纽带。

**京京**　除了人与人之间的情感纽带,另一种纽带是自我与良知的联结。人一旦断了与良知的纽带,和他人之间的情感与关系的纽带便会随之中断。麦克白杀死了国王,良知的纽带已断,于是,班柯对他的忠诚,以及他与班柯之间友谊的纽带也相继断开。既然所有的纽带已断,麦克白要杀掉班柯和他的儿子,自然没什么顾虑。

**桂枝**　为什么会这样?

**京京**　人与人之间的纽带能够为他带来情义和友谊。麦克白选择王位。要王位,便要谋杀,切断良知的纽带,放弃情义和友谊。

## 国王和领导

**京京**　剧中对邓肯的评价是正面的,很多段落的描写表明他是明君。我却认为邓肯有他的缺点。对付叛变,他没有决断力。戏剧的开始以他提出的一连串问号开始:那个流血的人是谁?谁来啦?他没有对国家遭遇的危机做任何贡献。

**桂枝**　我倒觉得邓肯是典型商业机构常见的领导。他派麦克白帮他打胜仗,给他爵位和奖赏,就像公司的上级要员工努力工作,做得好便给涨工资,发奖金和福利。下属拼死拼活,领导庸庸碌碌,却过得悠哉游哉,这是商业机构的常态。

**京京**　典型不代表我们要默许。邓肯不知道事情的轻重,没有客观看大局。开始的时候他提到考特爵士,他说这个人是他彻底信任的,考特却叛变了。邓肯说麦克白很英勇,要给他嘉许。他说:"对我来讲他的英勇是一场盛宴。"考特背叛国家,他又从麦克白身上获得相同的结果。他用信任来建立他的国家,而这种信任是建立在叛国贼身上的。他一而再,再而三,先后信任两个叛国贼,将国家交给他们。

**桂枝**　商业机构一样,很多领导所用非人。

**京京**　打败了挪威,邓肯马上宣布自己的儿子马尔康会继承王位。于是，麦克白便杀了他。我看过一些资料，根据当时的法律，麦克白应该成为邓肯的继承人，而不是马尔康。邓肯指定自己的儿子作为继承人，可是挪威是麦克白打败的。在宣布自己的儿子成为继承人的时机上，邓肯做了一个不明智的决定。事实上，开始的时候，他所有的领主都支持麦克白当国王。麦克白做王比马尔康更名正言顺。

马尔康当时被俘虏了，并没有参与打败挪威，辛苦的活儿都是麦克白干的。国王邓肯却只顾家族的利益把王位传给儿子。

**桂枝**　人是自私的。

**京京**　马基雅维利说过，宁可要人民惧怕，不要受人民拥护。莎士比亚却告诉我们，受到拥护和被人惧怕，结果同样堪忧，前者是邓肯，后者是麦克白。

麦克白没有治理好苏格兰，令人民生活在恐惧之中。而邓肯在人民的拥戴中麻痹，警觉性太低。他没有意识到将王位给儿子，麦克白一定会不高兴。宣布自己儿子为王的当晚，他还住进麦克白的城堡中，麦克白正计划谋杀他，他还说温柔的和风轻轻吹拂着，感觉美妙。

**桂枝**　他没有意识到权力是多么的危险。

## 恶的循环

**京京**　莎士比亚最后让邓肯的儿子马尔康成王,是放了一个问号在那儿。这部剧好像是结束了,可是它并没有结束。

马尔康不停表示自己是个没野心的人,他主动去找麦克德夫谈叛乱,然后他才行动。他说,我听从国家的指令,我只是跟随者,不是首领。他说自己是弱小的羔羊,是要被献祭给那位发怒的神——麦克白。

他是老早便准备好了,说自己并非贪求王位,心里却早有计谋要得到王位。直到他的意图很清晰,自己十拿九稳才表示。他想把叛乱的责任推到其他人身上。

麦克白通过血腥的手段得王位,女巫对苏格兰的国王麦克白欢呼三次。后来马尔康通过血腥手段篡位,杀掉了麦克白,跟随他的人也欢呼苏格兰的国王马尔康共三次,在英语原著中这三次说的内容相同。

这是首尾呼应;开始的时候考特爵士叛变被处死,麦克白杀国王夺取王位;结尾是麦克白被处死,马尔康夺王位。当时的法律是这样的,哪怕国王是暴君,你杀掉他,还是篡位。法律不容许伤害国王的身体,称国王为暴君便是离经叛道者，篡位就是犯法，可是马尔康全做了。

麦克白推翻了邓肯，后来马尔康又推翻了他。在大团圆结局的背后，暗示着"恶"的循环。

**桂枝**　历史永远在重复。

# 情色与艺术

## 《包法利夫人》（福楼拜）

一天京京和我在英国的一个小镇散步，拐进小路后看见前面有位老太太拉着两只狗，其中一头是猎犬，浅灰色，修长矫健，煞是机灵。

当时我们俩不约而同喊了出来："爱玛的狗！"

爱玛是包法利夫人。包法利夫人养过一头猎犬，走丢后一直没有找回来。原本我们不知道爱玛的狗一直活着，直到那天见到它，我们才知道。

## 梗概

故事发生在19世纪资本主义浪潮后的法国。农家女爱玛从小受过贵族式教育,沉迷于当时流行的小说,内心渴望得到"浪漫主义文学"中描写的爱情。爱玛长大后下嫁了当乡镇医生的包法利先生查理,婚后不久即感后悔,认为查理比一条行人道还平庸无趣。及后爱玛不断出轨,先后与罗道耳弗和赖昂偷情。追求享受的爱玛生活奢靡,最后债台高筑,服毒自尽。

## 人物

| | |
|---|---|
| 爱玛 | 下嫁查理·包法利后成为包法利夫人 |
| 查理 | 乡镇医生包法利先生 |
| 罗道耳弗 | 地主,情场老手 |
| 赖昂 | 书记员,爱玛的情夫之一 |

## 伟大在于日常

**桂枝** 《包法利夫人》是我最喜欢的小说之一。它的情节俗不可耐,人物几乎全是庸人,一部将无数俗事庸人放在一起的书,写得如此优美,真是个奇迹。福楼拜带我进入了一个带旋律、有节奏、具备时间维度、有光有影的真实世界，而最奇妙的是，书中的人物真实得永远存在。

**京京**　就像我们那天聊起我的一个朋友，我们说这人和包法利先生一模一样。对我们俩来说，包法利先生是真实的，他与我们在现实生活中遇见的人一起活着。

**桂枝**　福楼拜让那些日常事物呈现了前所未有的重要性：灰尘，睡帽，药瓶，指甲，单据，白糖，这些物品全部再平常不过，他将它们放置在恰当的时间和空间，让我们看见前所未见的一切。

下面这段文字写查理的第一任妻子去世后，查理到爱玛家中见到爱玛，二人聊天后喝了点甜烧酒，爱玛低头不说话，正在织补一只白线袜。查理也没有说话。

**空气从门底下吹进来，轻轻扬起石板地的灰尘；
他看着灰尘散开，仅仅听见太阳穴跳动，
还有远远一只母鸡在院子下了蛋啼叫。**

在现实生活中我们从来没有注意太阳穴，我们忽视它，根本不会想起它在我们身上，而福楼拜却安排了在一个阳光明媚的下午，一间农庄的房间，让太阳穴发出了声音。所有看这部书的人，都能亲临现场聆听。

门缝下流动的空气，正将灰尘吹进来。平庸呆板的查理一动不动，坐在这里看灰尘散开。一个无聊的人在做无聊的事，却又如此富有诗意。平庸的人，常见的尘，组成了一首诗。

**京京**　还有远远一只母鸡在院子下了蛋啼叫。

鸡下蛋是生命，是生命新篇章的开始。农家的院子中母鸡啼叫，雏鸡出生，一家快乐融融，反映查理心中的愿望。他希望成家安顿下来。鸡的啼叫将原来的寂静打破了。福楼拜用声音作为过渡，接着描述后面发生的事儿。

**桂枝**　下面这一段是说查理在下午三点钟左右到了农庄，人们全部下地干活，他走进厨房，起初没有见到爱玛。

**外头放下护窗板，阳光穿过板缝，在石板地上，变成一道一道又长又亮的细线，碰到家具犄角，一折为二，在天花板上颤抖。**

窗是这个立体空间的一面，石板地是另一个平面，阳光变成长细线碰到家具。家具应该放在离开窗边的地方，我们看见这空间具有景深，而天花板构成了另一个平面，这是一段带有几何学的叙述，多么精准。令人意想不到的是光一折为二，在天花板上颤抖。颤抖的光是写查理忐忑的心，区区几个短句搭建一个空间，用空间来承载一个人的状态，再用空间中的光线来形容一个人的心情，真是精妙绝伦。几何图像加上颤抖的光，像不像一张现代派绘画？

这些日常事物就像我们的意识和呼吸，我们从不会注意它们。读这本书，令我感到自己活得太粗心大意了。

**京京**　用人物身边的事物来写人物，使人物富有生命力，同时再日常不过的物件也被赋予了前所未有的意义。描写查理忐忑的心情有千万种写法，福楼拜用了完美的叙述。日常是这部小说的主体，爱玛是一个古今常见的人物。

## 我就是包法利夫人

**京京**　福楼拜说过："我就是包法利夫人。"

**桂枝**　不知道是什么原因，读这部小说，我特别能理解故事中的爱玛。这是基于福楼拜优美的文笔，还是由于爱玛扭曲的性格是人的共性？我被这个问题困扰了好几天。

后来我终于想明白了。《包法利夫人》如此引人入胜，是因为它满足了人们对亲密关系的幻想。每个人都渴望获得亲密的关系，这种渴求是诱惑，我们会被引诱而成为爱玛。对男读者来说,面对爱玛这样的一个美人,知道她内心对亲密关系如此渴求,很难不被她勾引。

**京京** 这个想法很诚实。而在我们成为包法利夫人之前,福楼拜首先成为她。我们是通过福楼拜而成为爱玛的。他进入了她的灵魂,于是,我们能用爱玛的眼睛看世界,用她的声音来判断身边的事物。

她的耳朵要听绵绵情话,眼睛陶醉于镜中的自我形象,鼻孔享受阵阵花香。她死之前教士蘸油为她涂抹,举行宗教仪式,叙述者用感官总结了她的一生:

**眼睛:** 曾经贪恋人世种种浮华;
**鼻孔:** 喜好温和的微风与动情的香味;
**嘴:** 曾经张开了说谎……在淫欲之中喊叫;
**手:** 爱接触润滑的东西;
**脚底:** ……为了满足欲望,跑起来那样快……

当爱玛天未亮从家里跑出去见情夫被人撞见,我们会为她胆战心惊;当她兴高采烈在包厢看戏,我们和她一起使劲吸夹道的灰尘气味,唯恐错过这个高级场所的空气。

**桂枝** 福楼拜写爱玛服用砒霜的时候,自己呕吐过好几回。

这部书是一部感官构成的书，是一部文字VR，是千真万确的虚拟现实。

## 情色小说

**京京** 当年，福楼拜因为《包法利夫人》而被法国政府控告，理由是这部书伤风败俗。

**桂枝** 书里面有许多性暗示，有一段写爱玛的情夫：

田野空旷，罗道耳弗四顾无人，仅仅听见草拂打着鞋，动作有致，蟋蟀远远伏在荞麦底下，唧唧鸣叫。他恍惚又在厅房看见爱玛，穿的衣服和他方才见到的一模一样：他脱掉她的衣服。他抡起手杖，敲碎前面一块土，喊道：

"我一定要把她弄到手！"

手杖将前面的土块击得粉碎，连接前一句情夫想象要将爱玛的衣服剥下，这手杖明显是男人的性器官，将土块击得粉碎所指是什么，答案不言而喻。野草擦靴子发出有节奏的响声，远处的蟋蟀藏身田间发出的叫声，既是性暗喻，同时搭建周围的环境，有远有近，连声带画。

**京京**　我从国外的报纸读过一篇文章，里面提到以下这句：

**断了一根缰绳，罗道耳弗噙着雪茄，拿小刀修理。**

爱玛与情夫罗道耳弗第一次交欢。二人骑马到野外，步行到池塘边上，爱玛身体发软，满面泪水，顺从了他。

缰绳断了是她的约束断了，她解除了婚姻的束缚，切断了对丈夫的忠诚。这匹没有缰绳的马从此爱到哪儿就到哪儿，没有人能管得住她。

情夫用随身带的小刀去修补爱玛丢失的约束，随身带的小刀是男人的性器官，情夫用他的小刀来修复爱玛的失控，让这匹放纵的马继续肆意狂奔。

短短的一句话，信息量极大。书中还写到爱玛与情夫幽会的房间的细节：幔杆顶端成了箭状，阳光一射进来，圆铜花饰和硕大的圆球顿时熠熠生辉。我觉得这些比喻有点像未成年人讲色情笑话，说得天花乱坠。一个人羞于启齿，才会用上各种暗示。

**京京**　当时的社会相当保守，不容许露骨的表达。福楼拜用比喻这样写，被认为有伤风化，受到极大的非议。

**桂枝** 于是，他用各种事物来比喻性，写得诗情画意。制约反而创造了不一样的路径，成就了艺术之美。

## 一个通常所见的女人

**桂枝** 福楼拜曾经这样描述爱玛：

**这是一个有些变坏了的性格，一个属于虚伪的诗与虚伪的情感的女人……为了故事更加易于了解而且有趣起见，我创造了一个接近人性的女主角，一个通常所见的女人。**

**京京** 在福楼拜的眼中，爱玛是一个属于虚伪情感的女人。他认为爱玛喜欢的诗，都是虚伪的。我认为福楼拜有点性别歧视，认为大部分女人的业余爱好和兴趣与爱玛差不多。

**桂枝** 爱玛陶醉于那些俗套的爱情小说中，永无休止地追求浪漫的情绪。爱玛喜欢看这样的小说：窗户半开，天真烂漫的贵妇坐在沙发上遥望月亮，身旁有一封开口的信。贵妇的脸上挂着一行泪珠，凝望着笼中的小鸟。

这类句子的现代衍生版在我们的身边比比皆是，例如"爱，就是穿越人海只为看见你"，"你是我的全部，我是你的一切"……手机上搜一下浪漫句子,惊涛巨浪汹涌而来。

如果福楼拜说爱玛是一个常见的女人,那么他应该认为女人都会轻信这些可笑的话。

**京京** 轻信这类浪漫感伤,不分男女。滥情像瘟疫一样。

## 什么是浪漫

**桂枝** 福楼拜写这书的时候,浪漫主义成为法国的文学主流。这部书带给我们好些问题:爱情是什么?浪漫又是什么?福楼拜告诉大家:找到真爱,你的人生依旧充满遗憾;而浪漫,不过是愚人讲的笑话。

**京京** 事实上,福楼拜用《包法利夫人》评判浪漫主义。他要告诉大家,令人心神荡漾的情思,背后是可笑的设想,是一连串假定的、虚构的完美。

**桂枝** 爱情是什么?你爱的那个人,往往不是真实存在的那个人。一段爱情开始,你不会察觉到,可是渐渐你会明白,你心里爱的那个人,和现实中的那人,是两个不同的人。所谓浪漫,便是将一连串美好的假定赠予对方,同时送给自己。直到有一天你醒觉到这两人之间的差别，你便要下决定，到底要保留你心中的他还是现实中的他。保留心中的，你便要离开现实的；保留现实的，便要告别你心中的那个人。

**京京** 爱玛在现实生活中是小镇乡村医生的妻子，思维却在另一重宇宙，一个充满激情的宇宙。现实中的爱玛是活在虚幻之中。爱玛是一个浪漫的人吗？

**她爱海，仅只爱它的狂涛怒浪；她爱青草仅只爱那点缀于废墟之间的青草。**
**她必须从事物抽出一种人的利益；凡不能供她心情即时消耗的，她全弃而不用——**
**因为她的性情是情感的，不是艺术的，所以总在追寻情绪，不在追寻风景。**

她喜欢那些浪漫的事物只是为了满足心中的情绪。设想爱玛看一张画，她只会看里面有多少"感情值"能为自己所用，以此引出自己内心渴望的感觉。假如爱玛听肖邦，她只会从中寻找能勾起自己情思的乐句，幻想与子爵翩翩起舞，供她反复玩味。

爱玛的浪漫是为了获得实际的好处。从事物中寻找能为自己所用的"感情值"。不断追寻让自己情绪激荡的感觉，是福楼拜对浪漫的见解。

**桂枝** 爱玛喜欢看这些：小哥哥跑去沙滩给你带来一个鸟窝；一个情妇在经历了波澜壮阔的浪漫爱情后失宠，到修道院度过余生。爱玛从小便对爱情充满了憧憬：林中的夜莺，月下的小舟虚实交织，热泪和拥吻疑幻疑真。

**京京** 她提出与查理的婚礼要安排在半夜里点着火把进行。后来，她策划要与罗道耳弗私奔，向人订购了一件大翻领、有衬里的长披风。这些都是当时浪漫小说的审美观。

**桂枝** 爱玛小时候在修道院，喜欢教堂是因为里面的花儿，甚至幻想自己得到一种神性的感受。

她妈妈去世后，她写信给父亲感叹人生无常，用妈妈的头发做了一张遗像，心里的感受让她获得了难得一遇的境界。当情夫在她面前颂扬美德和人们的奉献精神，爱玛说她真想去济贫院当修女，她沉迷于自己的情绪之中，活在自己构建的虚幻的浪漫泡泡之中。

**京京** 她将事情过度浪漫化，也就是说，她要从身边的一切事物找出"感情值"。有些事情的本质是悲惨的，又或者是沉默无趣的，我们不能改变事物的本质，不可以通过浪漫化，让它变成另一样东西。这是福楼拜对浪漫化的批判。在福楼拜眼中，爱玛的浪漫化是不知所谓地滥情。

**桂枝**　福楼拜否定了浪漫主义。在他的眼中，什么是美？福楼拜无微不至，为我们观察生活中微小的物件，每一个被忽视的瞬间，让我们明白：

**人生如此丑恶，唯一忍受的方法就是躲开。要想躲开，你唯有生活于艺术，唯有由美而抵于真理的不断的寻求。**

《包法利夫人》是一件难得一见的文字艺术品。

### 希望与失望

**桂枝**　爱玛相信美好的事情一定会发生。每天一早起来，她就盼望新的、美好的事情降临，到了太阳下山，她心里会想，没事，希望在明天。

**京京**　从另一个角度去看，爱玛积极正面。她一次又一次相信美好的事情将会发生。满怀希望不是件坏事，向往美好的生活也是一种动力。查理是个乡村医生，胆子虽小，怕出事，却能给爱玛带来安稳的生活。爱玛埋怨查理不潇洒，不英俊，没有为她带来理想的生活。爱玛自己不付出，只期望他人付出，在无休止的欲望与渴望中，她永远带着希望。

**桂枝** 爱玛觉得明天会更好，不是她性情乐观，而是由于她很容易厌倦眼前的一切。

她从修道院回到家中，开始时觉得家里的下人挺有趣，不久就感到乡间生活令她生厌。查理出现后，婚姻令她对新生活充满希望。结婚不久，她又感到丈夫对自己的热情太平常，简直像吃完一顿平淡乏味的正餐后，再上一道事先知道的甜点。

遇到年轻的文书赖昂、老练的罗道耳弗，两段偷情经历都令爱玛魂牵梦萦，过了不久，她便觉得没有新意，渴求新的刺激。无论跟谁在一起，爱玛对浪漫情绪的追求从不歇息。

**京京** 为了让心中的浪漫情绪可以永续，爱玛只能不停换伴侣。她不是在激情中，便是在哀愁里。她要分分秒秒拥有情夫赖昂，要他告诉她身边的一切。她要对方填补她的哀愁。事实上，她只是觉得沉闷，需要新花样。

**桂枝** 有一个单词是为包法利夫人创造的，包法利主义（bovarism），这个词是指一个人的行为极度受自己心中的想法所左右，不能自控。爱玛从失望中寻求希望，希望达成后又因生厌感到失望。失望与希望无休止循环是由于她内心的欲望。

欲望吃人，它吃完了，人还活着。之后人又觉得有点饿，还想被吃。

## 我值得拥有

**桂枝** 爱玛长得漂亮又爱打扮，懂得料理家务。星期六有邻居来吃饭，她会设法烧一盘精致的菜，还会拿青梅在葡萄叶上摞成金字塔，蜜饯罐倒放在盘子上端出来。为了吃果点，她会想买几只精致的玻璃盏。爱玛是一个很有生活品位的女人。

**京京** 她在小镇生活，整天梦想自己的胳膊肘支着瑞士小木房的阳台，将忧愁关在一所苏格兰的茅庐。她希望自己的丈夫风度翩翩，英俊不凡，身穿燕尾服，头上戴礼帽，穿上花边袖口的高贵衬衫，脚踏名贵的软皮靴。她渴望与贵公子在华丽的厅堂跳舞，被身份显赫的男人所爱，参加上流社会的宴会，成为众人回望的对象。

**桂枝** 买买买，导致爱玛欠债累累，她到税务官的家中找对方帮忙，看见他家的摆设，心里想：

这才是一个客厅应该有的模样。

此时她已经债台高筑,可是她还是不甘心,觉得自己得到的不够。

**京京** 得到了甲,爱玛便要得到乙,永远感觉自己理应拥有更多,得到更好。

**桂枝** 爱玛的人生,可以套用一句广告语来总结:"我值得拥有。"

## 一个想当男人的女人

**京京** 当时的女性,社会地位和男性绝不对等。

**桂枝** 福楼拜与肖邦的情人乔治·桑是好友。乔治·桑本名露西尔,却要用一个男性笔名来写作,她到剧院看戏,要乔装成男子才能进入剧场。

**京京** 那个年代的女子不能上大学。有些人提倡女性应有投票权,可以上大学,可是反对的声音压倒了变革之声。当时在欧洲,进步派主要在巴黎。

**桂枝** 爱玛与查理生了个女孩,但她希望生儿子。

**男人少说也是自由的；**
**他可以尝遍热情，周游天下，克服困难，**
**享受天涯海角的欢乐。**

**京京** 爱玛大口大口喝白兰地，叼起雪茄。在当时的社会，这些做法很不一般。

**桂枝** 一个女人，就不断受到阻挠。她没有生气，没有主见，身体脆弱不说，还处处受到法律拘束。她的意志就像面网一样，一条细绳拴在帽子上头，随风飘荡。总有欲望引诱，却总有礼法限制。

爱玛拒绝不了欲望，不断要挣开礼法的枷锁。她与情人赖昂的性关系，是性别倒置的。大部分时间，爱玛主动调情和进攻。她趁丈夫熟睡，天未亮从家里步行到另一个情人罗道耳弗的家中。后来，她让对方晚上来到自己家中的后花园，相互拥抱及发生关系。

**京京** 我不了解婚姻，只是感到爱玛像个好色男，到处找小三。

**桂枝** 爱玛背着丈夫，用他的钱买贵重的礼物送给情夫，编造谎言，做假证据，每星期跟情夫幽会。

**京京**　她没有经济自主的条件，可是她不管，她就是要，想方设法要得到自己心中想要的。

**桂枝**　爱玛想当男人，渴望自己能主宰自己的命运。

## 私人空间

**桂枝**　爱玛婚后名字变为包法利夫人。女性在结婚后要用丈夫的姓，是西方的惯例。中国的黄夫人、李夫人、孔太太、周瑞家的，都是一种从属关系。结了婚，女人自己的姓氏消失了。

在过去，几乎所有女性都像爱玛一样，经济上没有独立能力，只能成为男人的附属品，很少人会知道她们的内心世界。

《包法利夫人》将我们带进了查理妻子的私人空间，我们可以深入窥视她的内心，包括她最私密的、不为外人知晓的事情。

**京京**　爱玛和查理婚后不久，一个人带着她的猎狗到树林散步，当时四野无人，她说：

"我的上帝！我为什么结婚！"

四周一个人都没有，唯有读者听见这位刚为人妻的少妇心底的话。

## 童年生活

**桂枝**　你觉得爱玛的童年对她的成长有什么影响？

**京京**　包法利夫人爱玛是个农家女孩。没出嫁前，她家里的经济条件不错。

她的爸爸讲究生活，爱享受。他喜欢味道醇厚的苹果酒，烤得肉嫩而带血的羊腿，要喝调得很匀、掺上酒的咖啡。他一个人用餐，要仆人端上摆好菜肴的小桌，就像在戏台上似的。

**桂枝**　爸爸对爱玛有很大的影响。她长大后追求物质，奢靡浪费，与她小时候的成长经历有一定的关系。

爱玛十三岁进修道院读书。修女们原先觉得她对神召有领悟，苦口婆心教导她如要获得灵魂的永福，一定要克制肉体的欲念。可是她没有领受，渐渐对教规反感，感到宗教里的真理与自己的气质不相容。

**京京** 我觉得这点可以理解,要求一个十三岁的女孩去拒绝享乐相当有难度,她还不知道人世间很多事物。后来,爱玛从修道院提倡的克制转移到去看浪漫书籍。

爱玛最爱看那些带有浪漫金句的画册,上面绘上裹着披风的年轻男子,抱着一个身穿白裙的美少女,女的不是公主便是贵妇,男的不是公爵便是高官,她期望自己是画册中的人物,对未来充满憧憬,眼睛闪有泪光,时而疏懒,时而沉默,飘逸又迷惘。

**桂枝** 爱玛看这些书慢慢成长。你觉得看什么书,对一个人真的有那么大的影响吗?

**京京** 我倒不认为是。小时候我喜欢看《灰姑娘》,里面的王子是改变女人命运的救星,《西游记》有不少情节跟后台与关系有关,这些今天我都不认同。小时候不懂得那么多,只被有趣的情节吸引。

**桂枝** 小时候不懂得思考,看不出内容中的一些弊病,长大后多思考就好。我觉得书写得好便不会想得坏,不会玷污理智,不会是有害或是下流的东西。《包法利夫人》的性隐喻一点也不下流,因为这些内容是在人性的自然中。

## 为什么她要嫁给他

**京京** 我不明白爱玛为什么会嫁给查理。

**桂枝** 小说的第一章已有伏笔,查理15岁时上学:

**新生站在门后墙角,大家几乎看不见他。他是一个乡下孩子,十五岁光景,个子比我们哪一个人都高。他的神情又老实又拘谨。**

个子很高却不被人注意,可见查理是个极其普通的人。

**京京** 对爱玛来说,查理完全不符合她心中理想丈夫的形象。她眼中理想的男人应该对事情无所不知,对技艺无所不精,懂得生活的真谛,能教她领略激情的魅力。以上种种,查理一样也不具备。他生活的范围离不开爱玛带有花边裙子的幅员。

他的谈话就像行人道一样平板,人云亦云的见解好比过往的行人。

**桂枝** 查理是一条单行道,不停给予。爱玛要什么,他马上去添置,要他做什么,他立即去办。他觉得自己有位如花似玉的妻子,一个美满的家庭,十分知足。他天天深情看着爱玛，却不知道她心中的不满，觉得自己平凡庸俗，没有出息。他是一个缺乏理解力的人。他不知道自己的妻子婚后不久就后悔，妻子和两位情人打得火热，他懵然不知。他的眼中只有理想的爱玛，看不见现实中的爱玛。现实与理想的差距，查理完全不知道。

查理知足，爱玛却感到什么都不够。钱不够花，房子不够体面，丈夫不够理想。假如查理是一条单行道，爱玛便是个回旋环岛，以自己为中心，通向多条行车线。

**京京** 爱玛在结婚以前，原以为自己心中是有爱情的，她以为与查理结婚是浪漫的开始，是结束她乡间苦闷生活的良机，婚后她可以自由放飞，天天享受甜蜜的激情。

**桂枝** 他们没有交流。许多人都这样，误以为有了爱情便要结婚。事实上，一个人和另一个人在一起，不只要爱对方，还要喜欢对方，喜欢和欣赏对方个性上的优点，互相支持，一起进步。

**糖与砒霜**

京京　书中有两个重要的意象：糖和砒霜。糖与包法利夫人浪漫的幻想相关，而砒霜是她服下的毒药。

桂枝　她从小爱读的浪漫小说像糖一样甜。

京京　在子爵的宴会厅，爱玛说餐桌的糖粉比她看过的更白更细，与情夫见面的时候，她将糖放在水中喝，到了对方家中发生关系后，她高兴极了，床边的小桌子放着糖和柠檬。

桂枝　糖与砒霜都是白色的颗粒，看上去雷同，实际大不相同。两者有没有发生演变，糖是否慢慢变为砒霜？

京京　没有演变，只是两者越来越靠近。当爱玛与罗道耳弗的感情告一段落，镇上的药剂师同时提到糖与砒霜。她吞下砒霜后，以为自己会平静地死去，可见她的内心还是处于"糖"的状态。砒霜在她的口中，她感到苦。她说，砒霜像是墨一样，浪漫小说是用墨水写成的，所以，从砒霜我们又回到如糖一般甜美的浪漫小说。

桂枝　爱玛原以为是糖的浪漫小说事实上是有毒的砒霜。

**京京** 咽下砒霜,爱玛感到十分难受和痛苦。原来她以为美好的、甜美的事物害死了她:她的浪漫小说,与罗道耳弗的激情,她渴望的奢华,她重视的外表,她从来没有察觉到她以为的那些美好的事物是毒药,直到她服下了砒霜。

**桂枝** 福楼拜写糖和砒霜是他个人的反思。他写信给朋友说过:"我的性格本身就有缺陷,寻找的永久是缺陷。"他的个人反思同时帮助我们进行反思。

**京京** 就像亚里士多德苦口婆心告诉我们,外在的东西与人生真正值得追求的无关,人需要的是持续不断的快乐,而不是一时的感官之快。

**桂枝** 他所说的快乐是来自道德上的美德以及从智力和知识获得的美德,与《沉思录》中提到的两个快乐源泉是相通的。

## 蛇

**京京** 包法利夫人拥有一个意象:蛇。当她与情夫赖昂分别的时候,她在对方的臂弯中如蛇一般扭动,与情夫发生关系时,花园的藤蔓像是蛇,脱掉衣服后,她的腰带也像条蛇……

**桂枝**　蛇在伊甸园中诱惑亚当夏娃吃下禁果。蛇，是诱惑，带有罪的含义。爱玛与赖昂在花园相好，福楼拜写她是一条蛇，然后一个桃子掉了下来。桃子涨鼓鼓，丰满多汁，是比苹果更性感的禁果。

**京京**　爱玛是蛇，福楼拜对她的谴责再明显不过。

**桂枝**　作者没有直接批评爱玛，他个人的观点埋藏在字里行间。

## 瞎子

**桂枝**　爱玛临死前，瞎子乞丐唱了一首歌，歌词这样说：

**火红的太阳暖烘烘，**
**小姑娘正做爱情的梦……**

**这一天忽然起大风，**
**她的短裙哟失了踪。**

**京京**　爱玛发出绝望的狞笑，感到乞丐站在永恒的黑暗中吓唬她。

**桂枝**　歌词是在讽刺爱玛追求的浪漫，短裙失了踪，是说她的放荡。歌由瞎子唱出来，还有另一重含义。

**京京**　爱玛看不见。她从来看不见自己拥有什么：人人都说她的小女儿长得漂亮可爱，她却认为她长得丑；她有一个爱她的丈夫，却从来看不见他的好，只认为他又土又笨，配不上她。

**桂枝**　很多时候，看不见是比较容易的，我的意思是直面现实需要勇气。爱玛看不见自己的女儿可爱，是因为她眼中只有虚幻的浪漫；看不见查理对她好，是由于她的视线在自己的家庭以外。她选择相信自己的女儿丑陋，选择认定自己的丈夫没出息，不去看自己手上有的一切，而一心一意去期望得到激情与浪漫，不就像个瞎子吗？不相信真实的，而相信虚妄的，都是比较轻松容易的，也是因为这样，人生才会有那么多的纠缠与烦恼。

## 马车

**桂枝**　她到处和人相好。情夫赖昂要爱玛上马车,叫马夫往前走。

马车既无目的,又没有方向,在城镇游荡,马夫将车停下来歇歇脚,后面的乘客催促马夫加快,于是这辆车便在城镇肆意奔跑。马夫每次想停下来,每回都会马上听到身后怒气冲冲的喊声。

**码头上,货车和大车之间,街头,拐角,市民睁大眼睛,望着这个内地罕见的怪物发愣:**

**一辆马车,放下窗帘,一直这样行走,比坟墓还严密,像船一样摇晃。**

福楼拜架上了摄影机,将这辆马车在城镇引起的骚动,带到我们的眼前。马车像船一样摇晃,福楼拜让我们看到在马车中处于激情状态中的爱玛和赖昂。

车子中午时分在旷野上走,我们看见:

时当中午，马车来到田野，太阳直射着包银的旧灯，就见黄布小帘探出一只光手，扔掉一些碎纸片，随风散开，远远飘下，好像白蝴蝶落在绚烂一片的红三叶田上一样。

没有写两个人在马车里做什么，却让我们看见赖昂的手将白蝴蝶一般的纸屑抛出窗外，落入了开满紫红花朵的苜蓿地。多么丰富的性寓意，更带有音乐性，像是古典乐曲中的一段华彩。

**京京**　这只是书中的一个小段落。

**桂枝**　也是因为这个原因，我们反复读《包法利夫人》，百看不厌。

# 王子的真爱

## 《灰姑娘》(格林兄弟)

我跟京京聊《灰姑娘》,发现我们的看法跟小时候完全不一样。

一个人长大了,自然会长高,长高了便会看到以前见不到的东西。

## 玻璃鞋

**桂枝**　你小时候很爱看《灰姑娘》卡通电影，我曾经给你买过一只玻璃鞋，记得吗？

**京京**　可能小时候是被动画电影的画面所吸引吧。现在看，觉得这个故事本身有些硬伤。《灰姑娘》最有意思的情节是王子拿着一只玻璃鞋去寻找曾经与她共舞的姑娘。鞋子的大小不具备唯一性，相同体格身高的人鞋子尺码几乎一样。为什么整个国家只有灰姑娘才合适穿这只鞋呢？

**桂枝**　你的存疑很有意思。玻璃鞋在《格林童话》原版本中是金鞋，后来在电影中改成玻璃，通行的童话版本都是玻璃鞋。

**京京**　玻璃是透明的，能看清楚谁穿这鞋合脚，玻璃同时有展示的意味，完整没有破碎的玻璃鞋，同时带有贞洁的含义。

**桂枝**　王子到处要找适合穿上这鞋子的人，会不会是寓意女人要符合男人的标准？格林童话的原版本中两个姐姐为能穿上这鞋子分别砍断了自己的脚趾和脚后跟，是不是在说女性要想方设法符合男性的要求？

**京京**　继母对姐姐说，为了穿上这鞋，你没有脚都可以，意思就是，只要你能穿上，能当上王后便前途无量了。

## 救星

**桂枝**　这个故事为女性提供了一条通往美好未来的康庄大道。女性要想办法接近王子，嫁给王子。国外有些评论却认为灰姑娘体现了女性主义精神。

**京京**　有些人可能觉得灰姑娘自己主动要求去舞会，自己想办法去解决困难就是女性主义者的行为，例如灰姑娘找小鸟拣豆子，求大树给她漂亮的衣服。她们认为灰姑娘为自己打翻身仗，很要强。

**桂枝**　灰姑娘在原版本确实有做上面所说的事情，可是最后拯救她的是王子。她是依靠王子来救自己。

**京京**　灰姑娘勤奋，爱动物又善良。只是这不证明她在打翻身仗。因为是王子让她翻身了，王子并不在乎她的勤奋和善良。他看重的是那些漂亮的裙子和灰姑娘的美貌：裙子是仙女给她的；她长得好看是先天的，这一切并不是靠自己的努力得来的。

**桂枝** 有一点很重要，舞会后王子两次去找灰姑娘，第一次在鸽舍，第二次在大树下，灰姑娘换回平常穿的脏衣服后，王子竟然对她视而不见。王子眼中只有那个穿上漂亮衣服的灰姑娘，灰头土脸的灰姑娘在他面前，他视而不见。

**京京** 如果你爱一个人，她换了套衣服，你就认不出她，这是怎么回事？你是爱这个人，还是爱她的衣服？

**桂枝** 这点不是逻辑问题那么简单。这是在说，穿上漂亮的衣服后，一个人才完整地成为别人眼中的那个人。今天不少人都会这样认为：自我的完整是以外在为依据，自我的价值需要靠别人来证明。

**京京** 还有，我觉得要男人当自己的救星挺可笑的。大部分童话里不就是都这样，王子看见女孩很漂亮，然后一见钟情，结婚后永远快乐地在一起。难道人生美满的结局就是这样吗？

**爸爸妈妈姐姐**

**京京** 童话故事经常出现斗争，而且经常是女人之间的斗争。白雪公主的继母迫害她，《女巫猎人》中也有一个坏心肠的继母,《灰姑娘》也一样。

**桂枝** 童话中继母经常被塑造成恶魔的形象。这样会不会让小孩在心中形成一个对比,继母很坏亲妈才好。灰姑娘一家是富人,她们把女仆赶走,劳役灰姑娘做家务纯粹是为了羞辱她。

灰姑娘是爸爸的亲生女儿,而两个姐姐是后娶的妻子带进家门的。所有的恶行都是继母和两个姐姐做的,爸爸袖手旁观,对一切坐视不理。故事写得很清楚,爸爸觉得自己的亲生女儿灰姑娘,是个"渺小不起眼的东西"。

**京京** 我小时候看的版本是爸爸去出海了,不在家里。这也是不负责任,把灰姑娘的家暴问题完全落在继母身上。在原版中爸爸是住在家里的,他目睹一切却坐视不管,无论他是否在家,作为父亲,他对女儿的遭遇应该负起责任。

**桂枝** 我觉得爸爸无所作为是侧面描写,故事用爸爸的漠然,来加强继母的残暴,这点是有意思的。甚至我们可以想想继母是不是一个极有手段的人,将爸爸管得很严。如果我们单纯理解为爸爸无用,会不会辜负了格林兄弟的苦心。

**京京** 这样思考很有趣。可惜格林兄弟已经去世,我们没法求证。

# 家务

**京京**　格林兄弟很喜欢安排女人做家务，白雪公主和灰姑娘一样，爱打扫卫生。你也喜欢做家务，你特别爱收拾。

**桂枝**　我喜欢做家务不是为别人服务，而是自己受不了脏。假如你没有收拾好，我去收拾，不是为了你，我是为了我自己。我喜欢干净，爱整洁是从小的生活习惯。

家务这件日常不过的事可以这样看：脏，只是一种转移。地不脏了，墩布脏，于是你要洗墩布；洗完墩布水又脏，然后要倒脏水。衣服洗干净了第二天脏袜子脏衣服又重新面世，家务是没完没了的循环。我一直觉得，女人像是一只白老鼠在笼子里的圈上不停跑，怎么跑都出不去。

后来通行版本的《灰姑娘》有辆南瓜车。这南瓜车有一种逃离的意味。上了南瓜车，灰姑娘就摆脱了家务这没完没了的劳动。坐上南瓜车，不用做家务，可以变得漂漂亮亮参加舞会，这会不会是许多女性内心的呼声？

**京京**　我们也可以这样看：灰姑娘做家务只不过是听话。作为一个小孩，除了听大人话，她还有其他选择吗？小孩需要大人提供生活的各种条件，衣食住行，缺一不可。

她打扫卫生，拣豆子，只是为了生存。如果不听继母和姐姐话，估计灰姑娘会被逐出家门。所以，做家务是面对强权的服从，是为了生存不得不做的选择，同理，孩子听大人话也是对强权的服从。

**桂枝** 面对一些不讲理的父母，小孩是挺委屈的。小孩经济上不能独立，生活上不能自理，只能对父母唯命是从。做父母挺难，做儿女也不容易。书中安排继母与姐姐命令灰姑娘做家务，事实上背后主导整件事情的是写这个故事的作者。

**京京** 男人喜欢女人做家务，尤其是格林兄弟。

**桂枝** 做家务不是坏事。我只是感到许多人认为做家务的女人都是好女人，会不会跟从小看格林兄弟的童话有关。

## 12点要回家

**京京** 一些西方人定义晚上12点到1点为魔法时刻（witching hour）。这时候是魔鬼、女巫出现的时间。灰姑娘12点前必须与王子分离，可能是基于魔法时刻，因为时间一到，事情便会发生转变，魔法会失效。

**桂枝**　我认识一个人外号叫"玻璃鞋"。原因是她妈妈对她管教严厉，晚上12点前她必须回家。以前我不知道魔法时刻，还以为12点前回家是告诫女孩子夜归不安全，容易行差踏错。你说到魔法时刻是魔鬼出现的时刻，魔鬼是邪恶的，同时带有诱惑的含义。

**京京**　《灰姑娘》不色情。格林兄弟的童话原文本却有不少情色含义。原版本的《青蛙王子》写青蛙帮公主从井中取出金球后公主没有信守诺言，跑回皇宫。青蛙到皇宫找她，公主拗不过国王的命令，请青蛙吃了顿饭。饭后青蛙对公主说道："过来抱起我，将我带到你的卧室，备好你那些丝绸的被褥，我们要一起睡觉。"

《野莴笋》的原版故事中王子听到野莴笋姑娘的歌声后沿着她的长发爬上高塔，每天晚上和她睡觉。有一段写到女巫看见野莴笋姑娘的衣服腹部太窄，发现野莴笋姑娘一个人生活在高塔里，却与男人发生关系。

**桂枝**　这些童话情节在19世纪的德国，一定会遭到道德的谴责。后来格林兄弟做了修改，可是作为童话，还是有若干儿童不宜的情节。

**京京**　我倒觉得小时候不会注意到这些，只是现在长大了，才发现原来《格林童话》有那么多比较阴暗的东西。

## 复仇

**桂枝** 原版本的结局令人意想不到。王子与公主的婚礼只是轻轻带过,重点写鸽子将姐姐的眼睛啄掉了。鸽子先啄掉两个姐姐一人一只眼睛,王子与灰姑娘婚礼结束后,鸽子又飞回来啄掉了姐妹二人剩下的那只眼睛,让她们只能用一只眼睛观看婚礼,最后再令她们彻底失明。作为童话,这是相当残忍与暴力的。

**京京** 灰姑娘的姐姐们确实待她不好。可是原文本最后结局的复仇是过度的、不公道的。假如一个人不公正对待自己,最好的办法是不予理会。

**桂枝** 我也一样。我会选择忘记。

## 一个矛盾的故事

**桂枝** 《灰姑娘》是个矛盾的故事。表面看两个姐姐长得漂亮,因为邪恶得不到好下场,灰姑娘因为漂亮善良,得到好下场。故事好像是在说漂亮是没用的,最重要是内在。可是,灰姑娘如黄金般纯良,如羔羊般温顺的内在根本不为王子所知，王子不知道灰姑娘爱小动物，根本没有看到她勤快做家务，更完全不了解她，不知道她品性善良。前面已经说过，灰姑娘穿上脏衣服，王子认不出她，王子只是觉得那个穿上了漂亮的衣服、与他共舞的姑娘很好看而已。灰姑娘最后嫁给了王子，是因为她穿上漂亮的裙子看上去很美，与她的善良无关。

**京京**　我小时候也只是觉得灰姑娘穿上了那身衣服很好看而已，可能这才是故事的重点。

**桂枝**　重点是格林兄弟也是这样想。

# 学会去爱

《挪威的森林》（村上春树）

我和京京偶尔会质疑自我存在的意义，心中感到苦恼无边，像掉进一个看不见底的深渊。

《挪威的森林》的故事开篇有一口井。故事主人公渡边君和直子在井边徘徊，涉及的也是这个重要的问题。

这是个绕不开的难题，每个人都值得为它停步思索。

## 梗概

渡边是戏剧系的本科生，常与好友木月及他的女朋友直子在一起。一天木月与渡边打桌球，说今天必须要赢，渡边不明所以，第二天木月自杀身亡。

木月去世后，渡边与直子交往，他深爱直子，知道对方心中只爱木月，依然对她一片痴心。直子受到木月去世的打击，加上姐姐罹患忧郁症去世，精神状况出了问题，要到疗养院接受治疗。

直子与弹吉他的玲子在疗养院中结为好友。玲子本有美满的家庭，却被一名13岁同性恋的小女孩伤害及诋毁，导致家庭破碎，精神崩溃。直子虽然得到玲子的关心和渡边的爱，病情却一直没有好转，最后在疗养院的野外自缢身亡。

直子入住疗养院期间，渡边认识了同校的绿子。开朗活泼的绿子爱上渡边，并主动要求与他发生性关系。同时，寂寞的渡边有时会接受好友永泽的邀请，到酒吧找女孩宿醉寻欢。

多年后，渡边回忆往事，故事从他忆述与直子路过一个深井展开。

## 人物

渡边　戏剧系大学生,爱上好朋友木月的女朋友直子
木月　渡边的好友,17岁自杀
直子　与木月青梅竹马,木月死后她精神失常,及后自杀
绿子　与渡边同校,活泼开朗,深爱渡边
永泽　渡边的同龄朋友,聪明过人
初美　永泽的女朋友,离开永泽后自杀
玲子　直子的朋友,在她精神出现问题后一直帮助她

## 此恨绵绵无绝期

**桂枝**　阅读是旅程,读一本书相当于走一段路。多年后重读一本书,就像是旧地重游,有时我们会觉得过去满怀好感的地方平平无奇,有时会发现一些以前从未看到的美景。最遗憾的是记住的只有地名,不知道自己到过一个怎样的地方。

《挪威的森林》不一样,十多年来我一直记得渡边君和直子。我记住了直子的身体,记得渡边君的寂寞。现在重读这书,我听到渡边君告诉我:爱一个人,是"此恨绵绵无绝期"。

**京京**　主角渡边君对直子的爱就是这样。许多年后,渡边在

飞机上因听到《挪威的森林》这首歌想到直子，想到直子要求他永远记住她，想到自己因为记忆的残缺而慢慢模糊了直子的印象。直子的死，令渡边十分悲痛。他人生的一部分为直子所有。

**桂枝**　渡边坚守自己的承诺，他把自己与直子的经历写下来，只要写下来便能将直子留下来，让她永远存在，哪怕直子从来没有爱过他。

**京京**　他心里是这样想的：直子最终选择了以前的男朋友木月，可是这不要紧，开始的时候直子就是对方的。

**桂枝**　渡边知道直子不爱自己，可是这不影响他对她的爱，他忠诚地爱她。当渡边对另一个女孩绿子产生情愫时，他克制自己，拒绝进入对方的身体，更因为自己没有忠于直子而自责。如此忠诚的爱既美好又难得，渡边君是个可敬的人。

**京京**　直子从来没爱过他。

**桂枝**　爱一个人跟对方真的没什么关系。爱情，不是外部的现实，而是自己沉醉其中。渡边对直子的爱恋是他自己一个人的愉悦，直子不爱他以及后来自杀，对渡边来说是极大的悲痛，是此恨绵绵无绝期。

## 爱与性

**桂枝**　渡边深爱直子，直子深爱从小青梅竹马、已经去世的木月。由于生理上配合不了，直子和木月没有发生性关系。没有性，却深爱着，可见性并非爱的必然结果。后来渡边与玲子发生关系，又让我们明白到：爱情不是性的必要条件。

**京京**　为什么？

**桂枝**　渡边与玲子没有爱情。他们之间发生的那次关系，是一种慰藉。约翰·伯格写过自己在战乱时期在大学宿舍与一个女孩子发生关系。他不太认识这个女孩，在窗外的战火警报声中两人双拥，从抚摸与交欢中获得慰藉。我在想，人在面对极端情况下，例如在战争面前，人会恐惧、不安，炮弹就在头顶，这个时候身体变成了容器，里面盛了些人性美好的东西，他们通过身体的互相接触，将美好的东西传递给了对方，以此逃离战火。

玲子对渡边也一样，玲子受到小女孩的摧残后家庭破碎，心灵受到极大的伤害，感到自己只有过去，没有未来；渡边君深爱直子，又要接受对方不爱自己的残酷现实，后来直子死去，他无法摆脱深爱的人去世带来的哀伤。

性爱，既是动物性，同时又将人的忘我以及善良释放出去。对于这两位同是天涯沦落人，性，是精神上的互助。

**京京**　玲子为直子弹了五十一首乐曲，为直子烧香，后来她与渡边君理所当然地相互拥抱，自然而然地发生关系。

**桂枝**　他们发生关系前玲子忆述直子死前的经过：直子的幻听越来越严重，回到疗养地后天不亮拿着手电筒，带好了绳子到森林的深处自缢。对于渡边、玲子和读者来说，听到直子死亡前发生的一切是压抑而沉重的。

玲子说完经过后用音乐祭玲子，双方说出这段对话：

**"嗳。渡边君，和我干那个。"弹完后玲子悄声道。**
**"真是怪事，"我说，"我想的同样如此。"**

多轻松，令人意想不到。这段对话是节奏的转换，是从直子死亡黑暗紧张的乐章转换到清脆透亮的乐句。假如不这样写，而是写两个人在忧郁的情绪中深情相拥，情不自禁发生关系，远远比不上这轻松的对话。这两句话像是恢宏的交响乐合奏中突然出现晶莹的钢琴小乐句，沁人心脾。它让我感受到音乐，村上春树不愧是个乐迷。

## 身体

**京京** 有关身体交流,不只发生在异性之间,同性也有。直子在自杀的头天晚上复述与渡边君交欢的经过,显得很激动,后来她要求玲子抱着她。由于天气热,玲子用浴巾围着直子,避免两人汗水黏着汗水。玲子的拥抱,帮助直子平静下来。有了浴巾,避免了身体的直接接触。

**桂枝** 至于那个13岁女孩对钢琴老师玲子的挑逗,是另一回事。

**京京** 可以不说这一段吗?

**桂枝** 我也害怕。可是我欣赏里面让我感到的不安。这位13岁小女孩的头发像刚研出来的墨一样黑,小小的嘴唇,眼睛忽闪忽闪,一坐下来顿时令屋子满室生辉。她的妩媚,让身为女性的玲子失去了正常的判断力。

**京京** 这个女孩掌握让人产生好感的秘诀。她花最大的心思去讨别人的欢心,很能挑动别人的感情,一切经过精心计算。她喜欢造谣,是个活在谎言中的人。

**桂枝** 小女孩很有灵气,乐感很好,性技巧也很了得,书里有详尽的描写。

**京京** 写得太露骨了。

**桂枝** 小女孩在性爱上施展了浑身解数。她的欲望比书里所有的大人都强烈，虽然令人感到毛骨悚然，却是一种有力的安排，能够将人物成功建立起来。这样，我们更清楚看到她用自己的美貌、言语和身体去操纵别人，无所不用其极地满足自己的欲望。

**京京** 幸好玲子克制住自己的欲望，打了她一个嘴巴让她停手。后来玲子拼命用香皂搓洗身体，是感到身体与精神受到玷污。

**桂枝** 玲子的创造者村上春树将一块香皂交给了玲子，让她搓洗身体。人的身体是神圣的庙宇，要尊重它。这个小女孩追求的只是性带给身体的愉悦，她看不到身体有它庄严的一面，而这庄严，是每个人都拥有的。

**京京** 所以玲子要洗净自己，因为她的身体被这个小女孩触摸过，玷污过。

**桂枝** 渡边君明白这点。小说开篇写到渡边君以前有个女朋友，与她分手后，这个女孩问渡边是不是因为和他睡过了，自己就卑贱了。

**京京** 为什么她这样说？

**桂枝** 睡过了便下贱了是约定俗成的看法。反正要自己判断，要想清楚，不能让别人认为自己下贱，尤其不能让自己感到自己下贱。

**京京** 小女孩是一个不珍视自己的身体与灵魂的人。渡边不一样，他对自己过去随便与女孩发生关系感到后悔。

**桂枝** 直子去世后，渡边君一个人到处游荡，想起高三时第一个睡过的女孩，回想起对方的温柔、自己的冰冷，心里自责不已。他想到这个女孩的优点和缺点，心生懊悔，感到自己在感情上不负责任。他后来拒绝与永泽一起到酒吧找女孩，对他来说，宿醉一宵换来的只是无比的空虚。

**京京** 绿子主动要与他发生关系，他没有进入对方的身体。

**桂枝** 渡边君惜爱重爱，相当克制，没有含含糊糊对待自己。

## 真诚

**京京** 渡边的朋友永泽不真诚。他说自己的人生目标是成为一个绅士。他对绅士的定义是做自己应该做的事情,而不是做想做的事情。他口中这样说,所做的却完全相反。

**桂枝** 我们的身边总有一个永泽。相貌不俗,才智过人,看透人生。与此同时,这个人会以看透人生为幌子,不尊重别人的情感,心里只考虑自己。

**京京** 永泽有一个善良温柔的女朋友初美,永泽却整天与其他女人勾搭,花天酒地。后来他为前程可能出国,却丝毫不考虑对方,只说对方未来如何是她的问题,与自己无关。

**桂枝** 后来初美到了国外生活,最后自杀。永泽认为她的死讯委实令人悲哀和难受,甚至对他来说都是一件悲哀的事。

**京京** 他可能认为自己的悲哀十分稀有才会这样说。对他来说,过去的女朋友死了不是什么大事,不应那么难过。

**桂枝** 永泽得到初美的爱,可是他并不是一个有爱的人,心里没有爱的人只能靠性得到慰藉。后来渡边君看完永泽的来信,知道他对直子死讯的反应,马上将信撕掉,而且以后再也没有给他写信。

**京京** 原因很简单：永泽的世界只有永泽。他说要做一个绅士，却只做自己想做的事情，而不是做他该做的事。他不是一个真诚的人。

**桂枝** 小女孩喜欢说谎，也是不真诚。她说的所有谎言是为了可以顺利勾引玲子，满足自己的欲望。

**京京** 她令我想起王尔德的长篇小说《道林·格雷的画像》。贵族青年道林为了让自己的外貌永远青春俊美，满足对享乐与情欲的追求，与画家巴兹尔订好条约，只要道林做出不真诚的事，画像中的他会变老，而现实中的道林将青春永驻。十八年来道林尝遍世间的情欲之乐，用谎言欺骗别人的情感也蒙骗自己。渐渐，画像中的他变得越来越老，而现实中的他却一点没有改变，模样依然是十八年前画中的那个青年。后来当他觉醒，希望不再欺骗别人的感情的时候，他意识到自己的醒觉只是源于希望恢复个人肖像画的美感，追求的只是外表。

最后，道林拿刀刺向自己的肖像。当用人走进他的房间，只见他倒卧地上，遗体老态毕现，面容丑陋得无法辨认，而他的画像却恢复到十八年前那个年轻英俊的道林。

小女孩和道林很相似，他们都是为欲望而活。对这个小女孩来讲，不存在道德和良心的谴责。欲望是她唯一的主人。她的谎言是为了蒙骗身边的大人，让自己放手去满足欲望。

**桂枝**　一个人撒谎，有时候重点不是那个谎言，而是说谎的人让我们不再信任他。

**京京**　当时闹革命的学生也不真诚。那些学生在喊口号，可是不知道自己在喊什么；他们在说社会要平等，可是要求女学生要给他们做寿司。所以，什么是平等是他们说了算。假如你认为平等能够让社会变得更好，那么就要身体力行。

**桂枝**　不践行自己信念的人是不真诚的人。

**京京**　他们的不真诚伤害了身边的人，自己也承受负面的后果。那些闹革命的学生破坏了很多东西，结果什么成果也没有；永泽的不真诚，失去了渡边这个可贵的朋友。

**桂枝**　对他们来说，失去朋友不算什么，只要自己前途光明，日子过得不错就行。村上春树的立场鲜明不过：他让玲子扇了小女孩一嘴巴，渡边将永泽的信立即撕掉，两人的行动表明了作者对不真诚的人的鄙视与愤怒。

## 付出

**京京**　真诚的人是绿子。人们可能会觉得她事儿太多,这个那个的。她对人,是难得地真诚。

**桂枝**　她真诚地对待渡边,将心里的爱毫无保留说出来,一般女孩子说不出口的话,她一点顾忌也没有,她直接告诉渡边希望和他睡。

二人刚开始认识,一起看见学校附近有浓烟冒出,渡边问绿子这是什么烟,绿子说这是女中烧卫生巾的烟。两人一起看色情片,她在地铁里告诉渡边觉得影片中的女生的乳头太黑。她在公开场合复述一个女人在打喷嚏时卫生棉条掉了下来,然后高声大笑,遭受前男友的批评。她从来不理会别人怎样看。

**京京**　绿子的家人相继去世,她用心侍候病人,安排葬礼,对一切变故处之泰然。她爱上渡边,知道他经历了木月的死和直子的死,用爱赋予渡边生命力。我觉得这点很美好。遇到困难,有人鼓励你,安慰你,帮你渡过难关。

**桂枝**　爱一个人便会真诚地付出。不真诚,不付出,不是爱。

## 寂寞

**京京** 我很喜欢里面写的寂寞。渡边收到一只萤火虫作为礼物,这虫原本没什么光,他把它放出去看见了光,又无法抓住这光。

**桂枝** 我从这萤火虫感受到的不是渡边个人的寂寞,而是他等待直子这份心中的落寞。因为当时直子写信告诉渡边,自己没有做好与他一起的心理准备。

**我凭依栏杆,细看那萤火虫。我和萤火虫双方都长久地一动未动,只有夜风从我们身边掠过,榉树在黑暗中磨擦着无数叶片,簌簌作响。**

**我久久地、久久地等待着。**

渡边从萤火虫看到自己对直子的思念,这萤火虫是相思之情,带着青春的虚无,在等待。

**京京** 渡边的星期天是我们许多人的星期天。礼拜天他不上发条,做一点小事情一天便过去了。

渡边用平静的、孤独的星期天下午回忆与直子一起走过的路，想起直子穿的衣服、头上的发卡，回头与他说话。这样的日子以后要重复几十次，甚至几百次，来来回回，反反复复，令人灰心落寞。

**桂枝** 寂寞无处不在，我们无处可逃。可是，通过与人交往，我们能感到温暖，可以对抗寂寞。直子从三四岁开始在感情上依附木月，木月死后她孤单无助，无法前行。渡边爱直子，一直在帮助她。

**京京** 对。我觉得这一点很好。就是渡边从来没有认为直子只是他心中的一个女朋友。

人和人之间不是功能性的。我的意思是，不应该认为此人是我的男朋友，所以他就应该送花送礼物，天天哄着我；不要以为这个人是我的女儿，她就必须听话，做我说的事。爱一个人，不是为了功能或是实用性，不是为了对方可以满足自己的一些需要。

**桂枝** 爱一个人就是爱这个人，不是为了他能为你做什么。如果别人的眼中只有你的实用性，那么这份友谊或是爱情可以放弃。这种关系不会带来温暖。

倒是萍水相逢的陌生人，往往能给予我们由衷的关怀。里面写到渡边一个人在废船里裹着睡袋追忆直子，泪流满面，一个年轻渔夫给了他一支烟,与他说起逝去的母亲。渔夫知道渡边吃得不好,请他吃寿司,喝清酒,最后还给了他钱,要他买点营养品。

我很幸运,经常得到陌生人的关心与帮助。陌生人见我穿得比较单薄,问我冷不冷;去到陌生的地方,会有人主动帮我指路。

**京京** 渡边去看绿子的爸爸。渡边有点饿,吃她爸爸的紫菜卷黄瓜,后来老人想吃,渡边切好后一口一口喂他。

**桂枝** 我在想,为什么世界上有那么多人,可能是我们需要别人的爱,别人也需要我们的关心。

## 生与死

**桂枝** 渡边君爱绿子吗?有点爱,不是深刻的爱。

**京京** 他对绿子有好感是因为绿子充满生命力。直子死了,他觉得她把他的一部分带走了。渡边觉得心里虚空,绿子有一些东西是他需要的,她的活力足够填补。

**桂枝**　亲爱的人去世会把你的一部分带走。我的母亲过世后我感到心里少了一块什么。后来我想，我从妈妈的身体来到世上，我在妈妈的身体中，妈妈在我的生命里，我们是连结在一起的。妈妈离开世界，我存活在这个世界便缺失了一块。拼图缺了一块，这张图便不完整了。

**京京**　死亡是一道不可解的题。书中许多人死了。直子的男朋友木月死了，直子的姐姐死了，直子死了，绿子的父母死了，永泽的女朋友初美也死了。

**桂枝**　那么多人去世，像是一场劫。

**京京**　他们死了，有些却像活着一样。木月死了，可是他活在直子的心里；直子死了，却活在渡边君的心中。死了的人都成为活着的人的一部分。对于关系亲近的人来说，生与死是相连的，死去的人没有死去，在活着的人心中，他们永远活着。

**桂枝**　每天很多人出生，同时很多人死去，这样想，便觉得死亡真不是什么大事。对于我们珍爱的人，哪怕他们去世也永远活在我们心中，而对另一些人，纵使他们活着，我们也会感到对方处在另一个世界。

**京京**　开篇写到渡边与直子到了山里的一口井边。这口井很深，里面是死人的白骨，阴惨惨湿漉漉。这不是真实发生的事情，是意象。这口井是死亡。

**渡边："到这儿来，那边可能有井。"**

渡边爱直子，提醒她千万要小心。他不想她死去。

**桂枝** 直子是在生死边缘的人，是一个有鬼魅气质的女子。她是飘着的，很轻。她说话轻声细语；两个人一起散步的时候她总是走在渡边君的前面，偶尔回头看看他。在月色下她裸露身体，不言不语，然后默默离开渡边的床边。

木月和她从三岁开始在一起，相恋相依。木月死后，她缺失了许多，而这些缺失，由死去的木月和他生前的好友渡边来填补。她与渡边在一起是由于他们二人深刻的友情，直子可以从渡边找回木月。

**京京** 一个人不能从去世的人的悲伤中走出来是危险的。直子没有从木月的死走出来。木月掉下了死亡这口井，直子站在井边，后来自己也跳了下去。

**桂枝** 直子死后，渡边感到直子在告诉她，死亡不是什么大不了的事情，她依然在。

渡边真的爱她。

### 理想的女性

**桂枝**　我对日本文化理解不深。不知道在日本人的眼中绿子会不会太出格，而永泽的女朋友初美是比较静穆的，好像比较符合东方人认定的女性美。渡边喜欢她，可能也是这个原因。

**京京**　只是这重关系不是爱情。

**桂枝**　若干年后，渡边在某个地方看见了日落，便想起了这个女孩，她像是女神一样。

**京京**　日本人有理想的女性形象，理想的女性具备传统的美，会做家务，照顾身边的人，不会特别叛逆，比较顺服，孝敬父母。

**桂枝**　善良，理智，幽默，娴静，不是长得美，而是具备这些特点。这是书中对初美的描述。

**京京**　初美具备内在的美德。作者会不会是在批判这种传统的理想女性？她会不会是过于顺从了，因为她从来不会反对永泽跟其他女性发生关系，永泽不把她放在心上，她很少提出来。一个人对身边的人和事顺从到一定程度后，内心会感到压抑，最终伤害的是自己。

**桂枝**　传统的东方女性总是逆来顺受，这太难为了。人与人的关系是双方的给予和接受，单方面的给予和包容，最后往往会以悲剧收场。

**京京**　村上春树安排初美最后自杀，教会了我们如何理智地去当女性。

**桂枝**　他还教会我们如何真诚去爱。

# 最怕出事的人后来出了大事

## 《套中人》(契诃夫)

京京是小学升初中左右开始读契诃夫的书。一天她指着书上扉页的契诃夫头像,轻声跟我说:"我觉得他长得相当英俊。"

她长大后从来没有提及契诃夫的相貌,只是偶尔会跟我说起他的短篇小说中的人和事。看来契诃夫长得如何早已被她抛到九霄云外,完全不值一提。我相信京京和我一样,看重的是作家的思想和创造力。

《套中人》是一部喜剧,又是一部悲剧,也可以说是一部带有悲剧性的喜剧。将悲剧写成喜剧，并非一般作家能做到的。而能驾驭得如此轻松自如，在违反常情下使一切顺理成章，应是契诃夫真正的魅力所在。

## 梗概

《套中人》记录了教师别里科夫的故事，由同事布尔金向他的朋友伊凡讲述。

别里科夫是套中人。他执迷于规矩，将自己的偏执狂强加给其他人。即使某些法规没有被明确禁止，别尔科夫也会对此保持警惕。为了让其他人按照他所说的行事，他不断威吓他人，最后总能如愿以偿。

然而，别里科夫保持警惕的生活发生了意想不到的改变。新老师科瓦连科被分配到别里科夫的学校，带出来活泼开朗的姐姐瓦连卡。镇上的人为别里科夫和瓦连卡做媒，二人甚至发展到谈婚论嫁。

一天，镇上有人画了一幅别里科夫和瓦连卡的漫画，送给所有教师和镇干部。漫画中的套中人手臂挽着瓦连卡，相当可笑。别里科夫对此感到十分愤怒，与此同时，他在路上看到了瓦连卡和她的弟弟骑自行车，感到二人的行为相当失礼,当晚便到科瓦连科的家中责备对方。

科瓦连科并不买账。他不但斥责别里科夫,还将他推下公寓的楼梯,就在这时,瓦连卡回来,看到别里科夫跌倒在地上,哈哈大笑。别里科夫受不了这屈辱,回家后躺在床上,几天后便去世。

布尔金讲述套中人去世后,镇上每个人都感到终于可以松一口气。可悲的是,这种自由的氛围很快便消失了,一周过去,生活又恢复了原来的惯性:杂乱、无聊、没有意义。

## 人物

布尔金　　故事的叙述者,一名老师
伊万　　　兽医,听故事的人
别里科夫　套中人,一名老师
阿法纳西　套中人的老厨子
瓦连卡　　套中人的未婚妻
科瓦连科　学校的新老师,瓦连卡的弟弟

## 这是个什么套

**桂枝** 让我们先从生活中的套开始说。我觉得套是带有未来性质的物品。手机套的基本功用是防摔、防尘、防刮花;预备,抵御,防范于未然。套的功用是"防","防"是防止一件眼下没有发生,而未来将会发生的事儿。

**京京** 晴朗的天气,套中人别里科夫带着雨伞,穿上橡胶雨鞋,防范天要下雨,小折刀装在套子里为了万一出意外,例如被人捆绑,小刀可派上用场。他做的这些事情都应了他的口头禅:"千万别闹出什么乱子来啊!"

**桂枝** 未雨绸缪本来不是什么坏事。只是如果像套中人别里科夫那样,无休止地想象未来的风险和威胁,只能活在焦虑与不安中。

## 未来值得焦虑吗?

**京京** 套中人把对未来的焦虑传播给身边的人,成为操纵别人的手段。

**桂枝**　他虽然不是校长,却管辖了整所中学十五年,令全城的人变得什么都怕。

**京京**　一个人告诉你天将要塌了,你在不经意间就会听他的了,因为我们不知道天什么时候会塌,塌下来自己是否能活着。当套中人别里科夫不停去说事情在未来会闹出什么乱子来,而他懂得今天该怎样做,人们便乖乖地服从了。

**桂枝**　别里科夫认为学校里有一位二年级、一位四年级的学生品行恶劣。他告诉大家万一这两个学生出什么乱子,万一事情传到上级的领导那里便不得了。

**京京**　他贩卖未知的未来,让人们害怕。老师们先降低这两位学生品行的分数,最后,大家听从别里科夫的意见,开除了这两个学生。

里面写到连那些正派的聪明人都对别里科夫的意见妥协,甚至连校长也不反对他。

**桂枝**　人人都怕出事。江湖术士常用这套路,这是心理战术。

2000年前后,香港出现了千年虫骗案。千年虫是指由于电脑程序设计的问题,使得电脑在处理2000年1月1日以后的数据的时候,可能会出错而导致公共设施如电力、银行等在2000

年1月1日零点停止运行，引发灾难性的结果。

有些骗徒向家庭主妇和老人宣传千年虫是一种对人体有害的虫，会导致伤残甚至死亡。不少老人和妇女在1999年年底从骗徒手上高价购买"可杀虫"的药物，预防千年虫。

**京京** 虫就是bug，这是翻译造成的误会。恐惧会使人们失去理智。

**桂枝** 套中人利用人们对未来的不可知建立自己；而他自己，却控制不了自己的未来。

**京京** 谁能做到控制未来？套中人不久便死了。

## 还是过去的好

**桂枝** 套中人迷恋过去。他的职业是教授一门古老的语言——希腊语。

**京京** 希腊语是过去的，他老在赞美这语言多么柔和清脆，多么响亮多么美。看见女朋友瓦连卡和弟弟在骑车，他很生气。我查了一下，自行车大概普及于1894年，契诃夫应该在这年的前后写下《套中人》,自行车当时是新兴事物。

**桂枝** 套中人看见姐弟二人在路上骑车,脸色从发青变得发白,整个人都呆住了。

**"第二天他老是心不定地搓手,打哆嗦,从他的脸色看得出他身体不舒服,还没有到放学的时候,他就走了,这还是他生平第一回呢。"**

别里科夫看见新生事物自行车后心情特别沉重。作者将每个动作都写得如此精准到位:搓手,打哆嗦,脸色不好,身体不舒服。最为精彩的是后面这句:"还没到放学的时候,他就走了,这还是他生平第一回呢。"这句调皮话是谁说的呢?我看到契诃夫实在看不过眼要跑出来跟大家亲自说一下。

**京京** 契诃夫实在受不了别里科夫,写得太投入露出了马脚。

## 是改变而不是沦亡

**桂枝** 套中人抗拒新生事物,老是觉得还是过去的好。而我,却认为那些感到世风日下、人心不古的人有时候是无事生非。

**京京** 别里科夫拿世风日下说事：穿绣花衬衫出门不对，拿着书在大街上走来走去不好，骑车伤风败俗，参加祈祷会迟到不成体统。歌颂过去的道德水准是没有依据的，因为没有办法证实过去比现在好。

**桂枝** 这种现象叫一代不如一代，道德沦亡。

**京京** 在学术界，与契诃夫同期的哲学家涂尔干很有影响力，他认为现代性带有令人担忧的道德缺失。哪怕是苏格拉底的年代，都在说年轻人懒惰，没有修养，道德受到污染。而更古老的美索不达米亚，壁画上绘有长者责备年轻人不道德的画像。这样说，道德从古到今一直在下滑。到底什么时代才是有道德的时代？

**桂枝** 道德标准随时代改变。在古希腊，女人在公众场所走路被视为不道德，对事情有看法为诸神所不容。那个时候吃虾被认为伤风败俗，甚至有法令禁止人们这样做。可是，今天没有人将吃虾视为道德沦丧。

**京京** 今天，社会欢迎女性发表意见，大街上无数女人在逛街。我们生活中一些日常的事情，在过去看来都是有违道德。

**桂枝**　别里科夫看见人们骑车便气得不得了。骑车，是一个人从一个地方到达另一个地方采取的手段，与道德无关。

## 规矩与无情

**京京**　套中人执迷规矩。

**桂枝**　只有事情是与"禁止"相关，他才觉得一清二楚，明白不过。禁止中学生晚上九点后上街，严禁斋期吃肉；一旦批准或者允许一些事情，他心里又会起疑，担心出乱子。

**京京**　"不准这个"，"不许那个"，规矩和教条成为他的保护套，同时让他瞎了眼，没有同理心，看不见别人的感受。

**桂枝**　别里科夫不懂得世界上存在"关心"这回事。

**京京**　因为规矩是绝对的。规矩、法令严厉到一定程度，同理心、关心、爱心会被压得完全没有空间，人性美好的东西会荡然无存。套中人是法令与规矩的守护者，无情是他的本性。我相信这是契诃夫希望告诉我们的。

## 常规与例外

**京京** 可笑的是,这位法令的守护者却自己不守规矩。套中人在斋戒期间吃奶油煎鲈鱼,鱼不是素的,可是又没有明文规定说这是斋戒期间禁忌的菜。他的道德标准是伪善的,他本人的道德标准并不高。

**桂枝** 他在斋期吃鱼,在宗教信仰上不见得是个有道德的人。一个如此讲究道德的人公然找道德的空子去钻,这该怎么说呢?更甚者,他怂恿同事开除两个自己不喜欢的学生,作为老师,这算是为人师表应有的道德吗?

**京京** 套中人用规矩将其他人关进笼子里,自己却有另一套标准。

**桂枝** 他给自己开例外,这是带有讽刺意味的。我在大机构工作经常会看到这种情况。公司上级给公司所有人定规矩,却给自己特殊对待。

**京京** 这个短篇是一百多年前写的,这些陋习一直没有改过来。

## 点头和摇头

**桂枝**　别里科夫经常到同事家里坐，一坐便是一两个钟头，之后一言不发便离开。他认为这种呆坐是与同事建立关系应做的事。这规矩不是禁止，而是行动，而这种行动，是不带情感的。

**京京**　后来他拖延与瓦连卡的婚事，却又天天跟她出去散步，一起散步是由于他认为这是该做的事儿，而不是想和对方在一起。

**桂枝**　这位套中人没有人的温暖和感情，只有"不该做"和"应该做"。

**京京**　他绝大部分时间都在摇头，偶然会点点头。作者写到别里科夫在临死前不管人们问他什么话，他只是回答"是"或者"不是"，此外就闷声不响了。

**桂枝**　契诃夫是短篇小说的大师。他用两个动作总结了套中人的一生："点头"和"摇头"，寓意套中人的一生只有"可以"和"不可以"。

## 你我都是套中人

**桂枝**　别里科夫是《套中人》的主角。故事开篇描述了一个从来没有离开村庄的妇女也是个套中人,后来通过老师和兽医的对话,多次提到世界上有许多套中人。

**京京**　"套中人",应该是指人自身的限制吧。

**桂枝**　别里科夫是一类套中人:执迷法令与规矩,抱残守缺,局限在自己的安全范围;瓦连卡的弟弟科瓦连科是另一类套中人:有了自由,灵魂长出了翅膀。

**京京**　他爱干什么便做什么:酗酒、脾气急躁、整天与姐姐吵架。

**桂枝**　自由意志是另一个套。别里科夫的葬礼结束后,大家的内心都感到快活,然后契诃夫透过讲故事的布尔金说了下面这段话:

"我们从墓园回来,心绪极好。可是一个星期还没过完,生活又过得跟先前一样,跟先前一样的严峻、无聊、杂乱了,这样的生活固然没有奉到明令禁止,不过也没有得到充分的许可啊……我们埋葬了别里科夫,可是另外还有多少这种套中人活着，将来也还不知道会有多少呢！"

人们没有了法令和规矩的枷锁，生活依旧无聊和杂乱，这是《套中人》意味深长之处。

"我们住在城里，空气污浊，十分拥挤，写些无聊的文章，玩'文特'，这一切岂不就是套子吗？至于在懒汉、爱打官司的人、无所事事的蠢女人中间消磨我们的一生、自己说而且听人家说各式各样的废话，这岂不也是套子吗？"

这不就是人们生活的写照吗？一百多年前的俄国生活与今天人们的状态看来没有什么分别。

**京京** 契诃夫很正面，他提点我们要警惕自由意志这个套，不能够滥用自由，糊糊涂涂虚度一生。

不能够为了混一口饭吃，而放弃与正直和精神自由的人站在一起，为了得到一个温暖的角落，去虚伪与作假，还微微地笑。

## 套中套

**桂枝** 从故事的结构来看,《套中人》是个套中套。它是通过一名兽医和一位教师在打猎后的对话带出故事的主人公别里科夫。虽然兽医和教师的经历没有发展出什么丰富的情节,可是这毕竟是个套,因此,别里科夫的情节是个套中套。

**京京** 有关别里科夫发生的一切主要由教师布尔金讲述,可是这是个骗局。讲故事的人是契诃夫,别以为布尔金在讲故事,其实是契诃夫在写东西。

**桂枝** 那么我们就要看契诃夫有没有投入这个角色,让自己成为布尔金。

**京京** 布尔金提到自己和别里科夫住在同一所房子里。

"他一上床睡觉,就拉过被子来蒙上脑袋;房里又热又闷,风推动关紧的门,炉子里嗡嗡地响,厨房里传来叹息声,不祥的叹息声……他躺在被子底下战战兢兢。他生怕会出什么事,生怕阿法纳西来杀他,生怕小偷溜进来,然后他就通宵做噩梦……"

你想想，套中人是一个极力将自己捂着的人，他怎会告诉布尔金自己在被子底下战战兢兢，生怕小偷溜进来，然后通宵做噩梦呢？

这部分看似不合理，又特别有意思，因为人们讲故事的时候总喜欢添油加醋，夸大其词。

**桂枝** 一方面我们可以说契诃夫成了布尔金，同时我们也可以理解为契诃夫控制不了自己，从布尔金的背后跑出来跟读者交流两句。看小说我喜欢看作者将自己藏在什么地方，什么时候露出马脚，憋不住在读者耳边说悄悄话。在虚构的小说中感知作者真实的存在是阅读小说的极大乐趣。

### 婚事

**京京** 别里科夫的婚事是由周围的人撮合的，在外人的怂恿之下，他感到自己该结婚了。

**桂枝** 大家本来都怕他，不能想象一个任何时候都带雨伞，穿橡胶雨鞋，把自己捂得严严实实的人是个可以结婚的人。只是人群中某人提出这个想法，大家就忘掉了自己对别里科夫的看法，尤其是那些太太们，她们都活跃起来，而且都变得好看多了，大家好像找到了生活的目标。

**京京**　打听，介入，交换人们的私事是许多人的爱好。生活有了话题，人们便变得容光焕发了。

**桂枝**　广东话有个说法叫"拿是非做人情"，是形容那些喜欢关注和打听别人的私事，将他人的私事作为谈资的人。他们喜欢将别人的爱情、婚姻、家事、性事作为礼物奉送给身边的朋友。

**京京**　契诃夫说这些人一旦参与别人的私事，都活跃起来，生活便有了目标。

**桂枝**　人没必要活在别人的世界中，也没有必要让他人的无聊和八卦参与自己的人生。从另一个角度去看，世界上可能有不少人是在别人的参与下稀里糊涂结婚的，反正就是：时候到了，该结婚了。当别里科夫觉得自己真该结婚后，他在犹豫，他觉得瓦连卡和她的弟弟有一种古怪的思想方法，他们在议论事情的时候用的不是他的那一套。可是他没有理会。

他看上去是个谨慎的人，事实上是个糊涂人。后来是因为有人闹恶作剧，画了一张卡通画取笑他与瓦连卡，再加上瓦连卡看见他从楼梯掉下来的滑稽样子，他经受不了瓦连卡的讪笑以及她弟弟的辱骂后死去,这桩婚事才没有实现。

**京京**　这是一桩不必要的、愚蠢的婚事,可能很多婚事都像书中所说的一样:

**闲得无聊,没事情做,照那样结了婚的,正有成千上万的先例呢。**

## 留心

**桂枝**　文学教会我留心。

别里科夫从楼梯掉下来后,刚好遇到瓦连卡,而因为她看到他滑稽的样子,忍不住哈哈大笑,于是套中人回家躺下后,便没有再起来了。这是带有鲜明的喜剧效果。

在他奄奄一息之时,

**(他的厨子)满脸愁容,皱着眉头,在他旁边走来走去,深深地叹气,可是像酒馆一样冒出白酒的气味。**

气息像酒馆一样冒出白酒的气味,写得多贴。我甚至闻到了浓浓的酒气从厨子红肿的酒糟鼻冒出来。"酒馆"太有意思了,想想这位厨子喝了多少酒,可以比得上李白的"一日须倾三百杯"。

**京京**　下面这一段也滑稽:校长太太为他们两个人在剧院订了包厢,瓦连卡在里面搁着扇子,满脸放光,高高兴兴。**她旁边坐着别里科夫,身材矮小,背脊拱起,看上去好像刚用一把钳子把他从家里夹来的一样。**

别里科夫的后背像刚用一把钳子把他从家里夹来的一样,像卡通片的猫和老鼠。而且,这话从布尔金嘴里说出来,让我们看到他对套中人的鄙视,这是一重关系。

我们不一定和布尔金一样鄙视套中人,然而,我们又被代入到布尔金的刻薄和鄙视当中。

**桂枝**　契诃夫带我们进入了布尔金的思维,让我们从布尔金的眼中看别里科夫,这种二重写法,像是音乐的双声部,同时与套中人这三个字暗合。

**京京**　正如你提到的,能把悲剧写成喜剧的,都是出色的作家。契诃夫的短篇小说,一部算一部,千金难求。

# 不想当诸神

## 《伊利亚特》(荷马)

京京小时候的英语不好。当时我感到应该让她读一下西方文化之源的希腊神话,于是给她买了《普罗米修斯》绘本。之后她问我是否可以看更多神奇的故事,我便在学校的图书馆借了英语版的《神奇树屋》以及更多奇幻主题的书籍。

渐渐,她对古希腊神话十分入迷。在小学六年级的个人兴趣展中,她将一张白床单披在身上,在一张自制的展板前当上了古希腊人,给人们讲解她心中的诸神。

多年来,我知道京京心中存在另一重宇宙。这宇宙有天神宙斯、宙斯妻子赫拉、金羊毛、金苹果、音乐之神、智慧之神、风暴之神、海洋之神。人物虽如繁星般众多，京京对他们每一位都了如指掌。

## 梗概

《伊利亚特》是《荷马史诗》的上篇，故事描写希腊与特洛伊两国之战。作品以朗读形式的诗体写成，人物众多，情节丰富。

特洛伊军的帕里斯王子不理宾主盟誓而夺走希腊军墨涅拉奥斯的妻子海伦，特洛伊战争由此而起。帕里斯不知轻重，要求与墨涅拉奥斯独斗，双方向天神立誓谁赢了谁得到海伦。帕里斯战败，却被爱欲神拯救，而且拒绝交出海伦。他的哥哥赫克托尔为了保家卫国，奋勇出征。

希腊军中最为勇猛的半神人阿基琉斯不甘受到联军领导阿伽门农的羞辱而拒绝出战，他的挚友帕特罗克洛斯为他出战后被赫克托尔杀死。阿基琉斯悲愤不已，为了替心中所爱复仇，他将赫克托尔杀死，用战车拖着对方的尸体围绕挚友的葬地三圈。特洛伊国王普里阿摩斯痛失儿子，到敌方的军营向阿基琉斯讨回儿子的尸体。

## 人物

| | |
|---|---|
| 宙斯 | 诸神之首 |
| 赫拉 | 宙斯之妻 |
| 阿基琉斯 | 希腊军的第一勇士,半神人 |
| 帕特罗克洛斯 | 阿基琉斯的挚友 |
| 阿伽门农 | 希腊迈锡尼城之首,特洛伊战争中联军的统帅 |
| 墨涅拉奥斯 | 阿伽门农的弟弟,海伦的丈夫 |
| 赫克托尔 | 特洛伊的王子 |
| 帕里斯 | 赫克托尔的弟弟 |
| 普里阿摩斯 | 特洛伊国王 |

## 诸神

**桂枝** 在没有看《伊利亚特》之前,诸神在我的心中庄严神圣。真没想到原来他们是如此随意,甚至有点儿戏。

**京京** 诸神像是看戏的观众,当他们不想看人间的恩怨情仇,便扭头不看,转去聊天喝酒;他们看腻了希腊人和特洛伊人打仗,便一起去度假,到别的国度玩耍。

**桂枝** 诸神不看,人间的杀戮依然继续。人,好像是舞台上的演员在演戏给诸神看。莎士比亚曾提到这点，说人只是一个在舞台上指手画脚的拙劣的伶人，登场片刻，就在无声无息中悄然退下。

**京京** 人，一旦出生就要上场，到死之前这戏必须演下去，没有别的选择。奥林匹克山的诸神不一样，他们不惧怕死亡，也不懂得死亡。诸神不朽，对死亡没有任何感觉。

**桂枝** 他们在时间上不受制约，对很多事情满不在乎，而人类不一样，人会死。死亡像是一把刀，警醒着人们生命匆匆即逝，这把刀同时要挟着我们，要我们好好求生。人生为什么起伏跌宕？因为人的一生太短暂了，悲欢离合，生离死别，时间虽短，我们从中却可以领会很多。

**京京** 不朽的神做任何事情都不会有什么严重的后果。他们无忧无虑，天天吃喝玩乐，聊天看热闹，看我们这些腐朽的人，看着我们悲伤痛苦，一代又一代死去。

**桂枝** 书里提到："世人腐朽的生命，犹如树叶的枯荣。"

## 阿基琉斯之踵

**桂枝** "阿基琉斯之踵"是英语的常用谚语,指人的弱点。

**京京** 阿基琉斯是个半神人,妈妈是海神,爸爸是凡间的国王。传说他出生的时候,他妈妈拿住他的脚踝,把他放入冥河里浸泡,使他全身几乎刀枪不入,智慧超凡。由于抓住的脚踝没有沾水,脚踝成为他身上唯一的弱点。

**桂枝** 许多人责备阿基琉斯。人们认为他基于个人原因不代表希腊参战是不顾大局,只看重自己的荣誉。

**京京** 《伊利亚特》写的是特洛伊十年战争中最后的五十一天,事实上,阿基琉斯十年来一直在打,只是到了后来,他受不了联军领导阿伽门农的羞辱。

由于阿伽门农不想将自己的女奴交还给她的祭司父亲,阿波罗神令希腊得瘟疫,当时阿基琉斯提出要阿伽门农必须顾及希腊全体人民的安危,将女奴交还。

**桂枝** 阿伽门农把女奴归还后一直对阿基琉斯心存芥蒂,强迫阿基琉斯将自己的女奴给他。

**京京** 这位女奴是战争的奖赏而已，是全体希腊人对阿基琉斯的赏赐。当阿伽门农要从阿基琉斯手中夺走这份奖赏的时候，其他的王只是沉默听从阿伽门农的命令。阿基琉斯除了生阿伽门农的气，心里对希腊联军沉默的大多数也极度不满。

**桂枝** 从希腊整个城邦的角度去看，阿基琉斯没有顾全大局。与此同时，我们也可以说他没有义务去顾全大局。因为希腊当时是由很多个小国家组成的联盟，阿基琉斯是自己国家的王位继承人，而不是联军首领阿伽门农的下属。他不参战，不是因为女奴，而是感到受到侮辱。

**京京** 由于阿基琉斯拒绝出战，希腊人打不过特洛伊人。后来阿伽门农找人游说阿基琉斯，说要给他丰厚的礼物，赐予他田地，更提出要将阿基琉斯招为女婿，希望他再上战场。

**桂枝** 阿伽门农不是亲自去见他，而是派别人去说，对他不尊重。他提出希望对方成为自己的女婿，是要压倒对方。阿基琉斯拒绝阿伽门农没有错，士可杀，不可辱。

**京京** 后来他出战是因为他心爱的人帕特罗克洛斯被杀了。

**桂枝** 阿基琉斯为了替心爱的人复仇，与赫克托尔决斗。先知已经预言了，只要赫克托尔被杀，阿基琉斯便命不久矣。

"阿基琉斯之踵"是他的情，他的致命伤是他对帕特罗克洛斯的爱。

## 这是爱

**京京** 有些评论家说阿基琉斯与帕特罗克洛斯是挚友。我认为不是。帕特罗克洛斯被赫克托尔杀死后，阿基琉斯不吃不喝，而且要求自己死后的骨灰与帕特罗克洛斯同葬于一个骨灰盅。

**桂枝** 古希腊人一直歌颂男性之间的爱。《会饮篇》中苏格拉底讲到交流智慧的爱才是真正的爱。他曾经说过同性的恋人应该在军队里，因为他们会为自己的爱人勇猛而战，他举了阿基琉斯和帕特罗克洛斯为例子。

**京京** 赫克托尔死后，阿基琉斯将他的尸体拖在战车后面，围着帕特罗克洛斯的坟地转了三圈。

**桂枝** 阿基琉斯的妈妈曾经告诉他，他的人生有两条道路：一条是安逸长寿，另一条路是短命而留名后世。他可以二选其一，当时他可以直接坐船回国，不去复仇。

**京京**　他深爱帕特罗克洛斯。

**桂枝**　为了复仇，阿基琉斯杀死了赫克托尔。赫克托尔死后，他的老国王爸爸伤心欲绝。古希腊人认为如果尸体没有被埋葬，灵魂只能在人间与冥界中游荡。国王为了儿子能善终，竟然走进敌方阿基琉斯的营地，请求对方把自己儿子的尸体归还给他。老国王为儿子痛哭流涕，阿基琉斯听了也流下大颗大颗的眼泪。

**京京**　阿基琉斯亲手杀掉了国王的儿子，而国王的儿子又杀掉了阿基琉斯的爱人，怨恨看来相当合理。可是，当国王提到自己用嘴唇亲吻杀自己儿子的人，同时请阿基琉斯念起自己的父亲，阿基琉斯哭念父亲，敌对双方一起号啕大哭，哀悼去世的人。哭声化解了仇恨。后来，阿基琉斯将赫克托尔的尸体交还给老国王。

**桂枝**　这是《伊利亚特》著名的一段。每次读到这里，我总会想起《论语》的这段对话：

**樊迟问"仁"。**
**子曰："爱人。"**

## 本是同源

**京京**　在《伊利亚特》中，希腊是攻，特洛伊是守。

希腊军是乘船进攻去打，他们的亲人在远方，这场仗对希腊的国土和老百姓的影响有限，不会伤及希腊军队的亲人。

特洛伊不一样。这场仗已经打了十年，当时希腊已经打到特洛伊城，特洛伊是防守，城里有特洛伊的百姓，军人的孩子、妻子、长老和朋友。特洛伊人世世代代住在这个地方，这里历史悠久，瑰丽辉煌。阿伽门农想攻占特洛伊城，其中一部分原因是这座城是如此璀璨，周围无数的同盟小国期望特洛伊不倒，不愿看到这座城被战火摧毁。

**桂枝**　知道了背景，便明白特洛伊的赫克托尔和他领导的士兵为何而战。书里有一段描述城墙下有两道清泉，一道是热的，另一道是凉的，特洛伊人的妻子和女儿一向在这里洗涤她们漂亮的衣裳。看到这段，想到这些无辜的特洛伊百姓会遭奴役或屠杀，我心里感到很难过。

**京京**　荷马是希腊人，他写特洛伊，没有将它写成敌对的反方。荷马笔下的特洛伊是一座带有呼吸和生命的城。我们看到特洛伊人在城里的生活，他们没有野蛮的行为，生活习惯和希腊人差不多，双方敬奉一样的神明。我想，《伊利亚特》的伟大之处就在此：敌我同源，无分彼此。

**桂枝**　荷马从两军对峙的特写镜头拉远，让我们看到特洛伊城里的河，河边有妇女在劳动，在生活着；他又让我们看到特洛伊城的人在甜梦之中。

**宫殿里有五十间石室彼此邻近……靠院子里面，用光滑的石头盖成长长的屋顶，一个挨着一个，一共有十二个房间……**

国王的女婿们在里面睡在他们含羞的妻子旁边。石头的建筑，好像很牢固，里面的人，似乎睡得很甜蜜。

从高空往下看，双方都只是一个小黑点，没有丝毫分别。然而，无辜的人却莫名其妙被卷进了这场战争之中，这一切都将被摧毁。

**京京**　只要人们多读《伊利亚特》，历史上便会少一点仇恨和战争。

## 对诸神不能太认真

**桂枝**　对希腊的诸神,我们不能太认真,以为他们是神圣的。

**京京**　很多时候,诸神在《伊利亚特》中像是出来插科打诨,甚至有点似卡通人物。爱欲女神阿佛罗狄忒和战神阿瑞斯在雅典娜的指导下,被人间的将领狄奥墨得斯伤害。他们二位位列奥林匹斯山上的十二诸神,理应高高在上,法力无边,然而,一切可以被颠覆,神会被人伤害。

**桂枝**　如果整部《荷马史诗》都是写战争和人间的痛苦会太沉重。所以荷马安排了爱欲神阿佛罗狄忒帮助帕里斯偷走海伦,及后由她从战场上救走帕里斯,这两件事导致特洛伊两次破坏誓言,可见这位女神多么任意胡为,做事不管不顾。

有一次阿佛罗狄忒的儿子出事,她出手营救,这是对这位女神少见的正面描写。事实上,诸神经常只顾自己,不管自己的儿女。

后来阿佛罗狄忒被凡人刺伤后竟然"尖叫"。她不管儿子,飞到奥林匹斯山上向妈妈抱怨。而她的妈妈像哄孩子一样安慰她。她都几千几万岁了!而且是位相当强大的女神,手被刺了便哭起来。难怪赫拉和雅典娜嘲笑她,我想,荷马也想读者取笑她。

**京京** 又例如阿基琉斯死后,他的妈妈海洋女神忒提斯到奥林匹斯山去找诸神,诸神给她金杯,请她喝酒。诸神不是为了要安慰她,而是他们感到儿子死了没什么大不了的。他们不知道一个人的死亡会对另一个人会带来极大的痛苦。

**桂枝** 诸神这样快乐无忧,没有痛苦地活着到底是好是坏?我宁可当人,情愿痛苦,甘心难过。

**京京** 还有,诸神的伤口是很容易愈合的。阿瑞斯在战场上受了伤便溜了,他受的只是轻伤,溜走太可笑了。荷马写这段情节是让大家放松一下,顺便讪笑他。

**桂枝** 太滑稽了。在荷马的眼中,战争和爱欲,只是一场闹剧。荷马还嘲笑诸神的头目宙斯。按理他拥有无上权威,可是他经常滥用职权。

**京京** 他为了个人的承诺而不执行神圣的律法,经常从个人的利益出发。

有一回宙斯的夫人赫拉为了不让宙斯看见海神波塞冬帮助希腊人,便戴上爱欲神给的一条腰带色诱丈夫。宙斯说虽然他享受与其他七位凡女及女神发生关系,可是从来没有激荡过那么甜蜜的爱情,情欲从来没有这样征服过自己。被情欲冲昏了头脑的宙斯竟然把这七位女性的名字以及她们为他所生的儿女的名字全部说出来。宙斯虽是诸神之首,却做尽蠢男人的事儿。

他的妻子赫拉善妒,人所共知。我们可以想象她咬牙切齿的样子。在战火连天的杀戮场景中穿插夫妻床边对话的情节,除了幽默,还有家庭伦理在其中。

**桂枝** 《荷马史诗》和希腊神话并不像人们想象得那么艰涩,有时候娱乐性还挺丰富的。

**京京** 杀戮的场面不少。阿伽门农的巅峰时刻是他在战场上杀死了三个兄弟。诗中描述他像是狮子,母鹿虽然就在近旁,面对将要被杀戮的幼鹿却无能为力。阿伽门农在一位哥哥的面前杀掉弟弟,然后他继续追赶,将哥哥也杀了。

**桂枝** 当时许多有名的希腊将领都受伤了。难道诸神不管吗?他们在做什么?

**京京** 诸神在休息。他们静坐在奥林匹斯山上一座座精美的宫阙中。他们是神,不用发愁,日子过得很安稳。他们什么都不用怕,爱玩就去玩,不用惦记别人,不用为死去的亲人悲伤，哪怕难过，也只会伤心一阵子。

**桂枝** 诸神不死，活得如此轻浮；人间不容易，却值得人们留恋，正如李商隐的诗所说"望帝春心托杜鹃"，望帝虽然死去，还怀着春心，呼唤着"不如归去"，要回到人间。

## 真汉子

**桂枝** 《伊利亚特》有两个真的汉子，一个是阿基琉斯，另一个是赫克托尔。

赫克托尔在整本书中，永远穿着盔甲。他从来没有享受特洛伊城的生活，一直在战斗状态中。

赫克托尔是"特洛伊的城墙"。开始的时候，他反对弟弟帕里斯为了海伦而与希腊打仗。战事发生后，他义无反顾，率领特洛伊人与希腊军作战。他清楚只要自己倒下，特洛伊便会战败。

**京京** 他的弟弟帕里斯输给了墨涅拉奥斯，却被爱欲神救回寝室，作为哥哥的他，带着长矛到他弟弟的卧室。当时海伦在场，邀请他到榻上坐下，他拒绝了。这张榻原来海伦也坐过。这一段是带有性含义的。虽然海伦并非在勾引他,可是榻是符号,是性的符号。

**桂枝** 这位勇士不重色。荷马写他带着长矛,寓意他永远不会丢下任务。

**京京** 出征前他的妈妈给他酒,赫克托尔断然拒绝,他说酒会使他忘记力量和勇气。

**桂枝** 他回家见妻子与儿子,也是身穿战袍,头戴闪亮的铜盔。

**京京** 儿子见到显赫的父亲感到害怕,小孩怕那顶铜帽和插着马鬃的头盔,这顶头盔是阿波罗神送给父亲的。为了儿子,赫克托尔把神圣的闪闪发亮的帽盔脱下后搁在地上。他将儿子抱起往上一抛,向宙斯祷告,希望他长大后孔武有力,名声显赫。当了一会儿父亲后,他便重返战场。

**桂枝** 他与妻儿在城墙见面,而不是在家中。她的妻子是属于家庭的,是城内的;赫克托尔是外闯的战士,属于城外。他们只能在城墙见面,城墙是城里与城外的接壤,是杀戮与和平的交界。

这是他与妻子的永诀。他妻子的家人大部分被阿基琉斯杀掉，赫克托尔是她唯一的依靠。见面前她的妻子和侍女已经在哭泣，大家都知道赫克托尔不是阿基琉斯的对手，可是赫克托尔毫不犹疑，勇敢接受命运的安排。

他明知自己会战死，还是勇敢出战；也许是知道自己会死，必须战得更勇猛。

**京京**　由于阿基琉斯没有参战，所以特洛伊军队曾经在赫克托尔的率领下打到希腊的海岸，一度胜算在握。赫克托尔敬畏诸神，刚正不阿。后来他与阿基琉斯决战，宙斯将他们两个人放在命运的天平上，天平往赫克托尔的方向倾斜，寓意命运决定他要倒下。

**桂枝**　为什么宙斯没有出手救他？

**京京**　诸神没有办法改变命运。谁也不能违反命运女神的安排。

**桂枝**　赫克托尔死的时候，他的妻子在织布。

**京京**　希腊神话中的命运三女神总在织布。第一位负责将生命线从她的卷线杆缠到纺锤上，第二位用手上的杆子丈量丝线，也就是决定人的寿命，最后一位拿着剪子，剪断生命线。她们是命运中重大事件的决策者。

赫克托尔死后，尸体被阿基琉斯的战车拉着，没有损伤和腐烂。诸神眷顾他，不希望他的尸体受到伤害。

**桂枝** 相对快乐无忧的诸神，作为人的赫克托尔，活得太艰难了。他全力去做自己应做的事，是勇猛精进的战士，最后为自己的城邦付出生命，死后还被虐尸。

**京京** 人从出生的第一天起便开始步向死亡，死亡是我们每个人的终点。

**桂枝** 所以我们要珍惜生，要像赫克托尔一样，勇猛不退缩。

## 这位男士不是东西

**桂枝** 赫克托尔的弟弟帕里斯不守信。他原本和敌国的国王墨涅拉奥斯有着宾主友谊。这是古希腊特殊的人际关系。这种主客关系，要求双方交换礼物，家主不能伤害客人的家属，客人同样不能伤害家主。在《伊利亚特》中，特洛伊的格劳科斯和希腊的狄奥墨得斯正要打，双方发现他们的父亲有宾主友谊，马上停战，在战场上互相交换礼物。

为了宾主友谊，帕拉斯不应该夺走墨涅拉奥斯的妻子海伦。

纵使海伦是爱欲神赐给她的礼物，他应该拒绝。

帕里斯的眼中只有自己。他夺走海伦后酿成大祸，却不停说海伦是神赐予他的厚礼，必须接受。

**京京**　他是个好色之徒。他哥哥说："哪怕你躺下死了，也会跟尘土做爱。"连尘土也不放过，真是到了极限。

**桂枝**　帕里斯相貌英俊，外表器宇轩昂，却是个胆小鬼。当他见到墨涅拉奥斯时，就像见到蟒蛇一样，手脚颤抖，脸色发白，马上退到军队中躲藏。

**京京**　军队是勇敢的，他是胆小的。勇猛的军队要为这胆小鬼上战场，太不值得了。可笑的是他自己还提出要一个人与墨涅拉奥斯决斗，谁战胜了谁得到海伦。双方军队发出誓言，他自己也发誓了。墨涅拉奥斯打败了他，只是后来爱欲神出来帮他，将他救回寝室。

**桂枝**　每个人都有属于他的地方。我和你在书桌前最快乐自在，而帕里斯是属于寝室的，他在寝室中找到自我价值。假如他是个守信义的人，他应该交出海伦。爱欲神派使者叫海伦来到卧室，他甜言蜜语，要海伦与他交欢。

**京京**　爱欲神要海伦到寝室，却没有要海伦顺从帕里斯，她是可以决定的,是她自己选择顺从。

**桂枝** 最终都是看自己如何选择。

## 誓言

**桂枝** 古代的人与今天的人真是不一样。因为希腊人发了誓言一定要管这件事情,所以无论如何,这场仗他们必须要打。信守诺言对他们至关重要。

**京京** 帕里斯与墨涅拉奥斯双方原来有友谊的誓言,这个神圣的誓言确保他们是同盟,不能敌对。帕里斯在墨涅拉奥斯家中做客的时候虏走海伦,是破坏了友谊的誓言。为了海伦,两军一直在打,后来帕里斯提议他与墨涅拉奥斯决斗,谁赢了谁就可以得到海伦,希腊人与特洛伊人都对诸神献祭,双方立誓,诸神为证。帕里斯明显输了,爱欲神下来干预将他救回寝室,最终没有把海伦归还给对方。

**桂枝** 这事由爱欲神干预,神干预就是神不守信,接着是帕里斯不守信用。不管是来自尘世的人还是天上的神,都视誓言为儿戏。

**京京** 希腊人认为自己赢了,帕里斯理应将海伦归还。只是在天上的宙斯答应阿基琉斯的妈妈要让特洛伊人赢,因为只要希腊战败,他们便会将她的儿子请回去。

宙斯喜欢阿基琉斯的妈妈,答应了她的要求。他叫雅典娜下到人间,指使特洛伊的一名士兵,要他去射墨涅拉奥斯,这样做,特洛伊人便变成违反诺言,不守信用。事实上,背后策动整件事情的人是宙斯。他接受了双方的祭祀,是监督誓言的执行者,然而,他自己却破坏了誓言。

**桂枝** 假如我发誓以宙斯之名,必须要做某件事,如果我没有做出来,宙斯是会惩罚我的。希腊人和特洛伊人向他祈求和献祭,宙斯理应执行。宙斯选择了个人对阿基琉斯的妈妈的承诺,而不是神圣的法则;他重视对一个人的承诺大于他对所有特洛伊人与希腊人的承诺。

**京京** 我们可以想象宙斯是法庭。帕里斯打输了而没有将海伦交出来便是犯了法,宙斯应该罚他,可是他没有这样做。为了答应自己喜欢的女人,宙斯煽动特洛伊人去破坏法则,射伤墨涅拉奥斯,于是双方继续打。这是宙斯犯的第二重错误。

**桂枝** 荷马写下这些情节,是在质疑宙斯是否公平公正。诗篇中没有任何一句批评和埋怨宙斯的话,只在故事中写他做了什么。

**京京** 《荷马史诗》是朗读的诗篇，我相信当时的听众会对诸神有自己的看法。

## 人能决定什么？

**桂枝** 假如诸神要你去做一件事情，你能不做吗？

**京京** 表面看人不能违抗诸神的安排。可是荷马在《伊利亚特》给了我们不一样的答案。当帕里斯战败后，雅典娜下到人间要一名特洛伊士兵对墨涅拉奥斯射箭，这样做，特洛伊人便会背负不守誓言的罪名，这场仗便必须继续下去。

雅典娜化成了一个矛兵去劝那个特洛伊士兵，告诉士兵如果能射出一箭，他将会得到无上的荣誉，衣锦荣归，一生富贵荣华。

书里写到：
他说服了一颗愚昧的心。

这名士兵心里向往荣誉，期望衣锦荣归。有欲望，便会受到诱惑。所以，这颗心是愚昧的心。如果他重视誓言，将誓言放在第一位，便不会受到诱惑。

**桂枝**　这是他个人的选择。这颗心必须够愚昧，才会听从诱导，成就蠢事。愚昧的心是一颗没有自控力的心，总在蠢蠢欲动。

**京京**　自控力相当重要。

**桂枝**　每个人都有能力管自己，管得住自己，便有力量，不能让自己拥有一颗愚昧的心。

# 人,真是那么厉害吗?

## 《安提戈涅》(索福克勒斯)

晚上屋子亮了灯,有两个人在读一部两千多年前的古希腊悲剧。

第二天晚上灯又亮起,这两个人接着读。

第三天晚上,她们开始聊书中的人与事。路人走过,远远看见屋子闪着小火光。

## 概要

《安提戈涅》被公认为西方戏剧史上最伟大的作品之一,为古希腊作家索福克勒斯于公元前442年所作。

俄狄浦斯的儿子因谋反成为叛徒,死后在国王克瑞翁的命令下被抛尸野外,让鸟儿和狗子吞食。国王认为必须让国民看见叛徒的尸体被糟蹋得血肉模糊,得到应得的惩罚。

根据古希腊人的信仰,尸体必须被埋葬与祭奠才能顺利进入冥界。死者的妹妹安提戈涅不理国王的旨意,埋葬哥哥,坚持神的律法高于国王的命令,公然挑战国王的权威,与国王争辩后,被国王关入作为坟墓的石窟。

王子海蒙是安提戈涅的未婚夫。他对父亲晓以大义,望国王能遵从神律。国王一意孤行,坚持禁葬令,要处死安提戈涅。海蒙目睹安提戈涅悬梁自尽后悲痛不已,拔刀自裁,王后获悉一切后亦自杀而死。国王最后家破人亡,自我流放。

## 人物

| | |
|---|---|
| 安提戈涅 | 俄狄浦斯的长女 |
| 伊斯默涅 | 俄狄浦斯的次女 |

| 克瑞翁 | 忒拜的国王 |
| --- | --- |
| 海蒙 | 国王克瑞翁之子，安提戈涅的未婚夫 |
| 忒瑞西阿斯 | 先知 |

## 古希腊悲剧与《魔法少女小圆》

**桂枝** 很多人觉得古典文学很遥远，作为00后的西方古典文学迷，可以说说你的看法吗？

**京京** 事物年代久远，并不代表陈旧和落伍。我觉得古典文学作品的人物就在我身边，就像我爱看日本动漫《魔法少女小圆》，里面的人物沙耶香崇尚公义，为了实现公义，她最终变成魔女。她的执着，带有强烈的古希腊悲剧英雄色彩：由于性格的缺失导致自己坠落，从拥有一定的地位到最后一无所有。我觉得古希腊悲剧英雄，从古到今都存在，永不过时。《魔法少女小圆》的作者虚渊玄是古希腊悲剧的粉丝，他的动漫《命运之夜前传》中的角色亚瑟王也是按照古希腊英雄塑造的。

**桂枝** 时间为我们做筛选，大浪淘沙，能留下来的都是好东西。十多年前戛纳电影节的大赢家韩国电影《老男孩》剧本太出色了，最近又被美国人翻拍，电影的剧情百分百源自古希腊悲剧。

**京京** 《老男孩》的剧情直接拷贝公元前400多年前索福克勒斯所写的古希腊悲剧《俄狄浦斯王》，也就是《安提戈涅》的上集。《俄狄浦斯王》的主角挖眼睛，《老男孩》的人物断舌头，连男主角的名字 Oh Dne-su 也与俄狄浦斯王（Oedipus）发音相似，可以说是参考到家了。这部电影是根据日本漫画家狩抚麻礼的作品改编的，日本作家将古希腊悲剧的情节改写成现代版本，剧作再三被翻拍。古典，一点都不古老。

**桂枝** 又例如黑泽明用莎士比亚的《李尔王》为剧本拍出了《乱》，他的《蜘蛛巢城》改编自《麦克白》，《恶汉甜梦》来自《哈姆雷特》。这些作品虽然严格上不算西方的"古典"，也是年代久远的经典作品。套用学者田晓菲说过的话，我们熟悉的明代小说《金瓶梅》里面的潘金莲、西门庆，就在高级酒店的电梯里，在繁华的城市街道上行走着，古今一直交织，只要我们多加留意，便会在今天看见过去的人和事。

## 神与人

**桂枝**　读《安提戈涅》让我想起自己过去的一些想法。不知道为什么，身处大城市的现代建筑，我会想起远古的从前。城市的高楼令我想起恐龙，看见架空汽车天桥，汽车这些奇怪的盒子在移动，移动的盒子里载着人，在空中来来往往。远古的时候人们心怀敬意仰望天空，而现代人在半空中坐汽车，在高空中坐飞机，还利用无人机在空中暗杀和快递。我一直感到人在空中是一件诡异的事。人升到空中到底要往哪儿去？人，是不是那么厉害呢？

《安提戈涅》提醒我们人间以外还有天上和下界。如果你相信世间有神，那么要敬畏天上下界的神明；假如你是无神论者，从这部书能学到谦卑。

**京京**　人间有国王统治，天上和下界归诸神管辖。古希腊文化认为神的旨意比人间的律法有分量。在《安提戈涅》中，国王克瑞翁认为自己制定的命令超越神的旨意。

对古希腊人来讲，死者必须受到尊重，他们相信没有埋葬和经过祭祀的尸体永远过不了冥河，又回不了生界，只能在夹缝中等待和受苦，直到有人将他们埋葬，死者才能顺利进入冥界。让死者顺利进入冥界是活着的人应该做的事，埋葬死者是不成文的神律。

属于人世间的国王应该将死者交给冥界。冥界是另一个国度，人间的国王管不了死者，死亡的国度不在国王克瑞翁的权力范围内。国王克瑞翁将一个属于下界神祇管辖的身体，一个没被埋葬的身体扣留在人间，这样做是冒犯冥界的神明，是亵渎神。

而在这部剧的上一集《俄狄浦斯王》中，俄狄浦斯智力超群，自视甚高。他认为自己的知识比先知厉害。根据古希腊文化，先知的力量是神赐予的。一个人觉得自己比先知厉害，便是对神明不敬，会受到惩罚。

**桂枝** 下面这个谜语相信很多人都听过：

"什么动物早晨用四条腿走路，
中午用两条腿走路，
晚上用三条腿走路？"

谜底是"人"。

底比斯城为了摆脱困境，宣布谁能解开谜题，便能获得王位，娶国王的遗孀为妻，智力过人的俄狄浦斯成功解谜，当上忒拜的国王。俄狄浦斯在不知情的情况下与自己的生母结为夫妻，生下四名儿女。当他知道自己弑父娶母，而妻子竟是自己的母亲后悲痛不已，最后刺破双眼，自我流放，母亲饮恨自尽。

俄狄浦斯是个愤怒的人，他很骄傲，甚至不尊重神明。他的沉沦是由于神明的惩罚和自己个人的缺失。希腊悲剧的英雄提醒我们不管一个人在人间拥有多大的权力，他都可能因为性格的缺失沉沦，没法拯救自己。

**京京** 而《安提戈涅》中的国王克瑞翁认为世界上只有他一个人作主，不知道自己践踏了众神。在当时的社会，诸神的地位高于人。一个人以为自己至高无上，便是对诸神不敬。

**桂枝** 克瑞翁认为安提戈涅的哥哥要放火攻城，是彻头彻尾的叛徒。作为一国之君，他必须警恶惩奸，让人民知道叛国贼的下场，死了也不得安葬。

**京京** 任何试图超越神律的人都将面临灾难。《安提戈涅》剧中的国王克瑞翁最后知道自己犯错后说道：

诸神用巨大的重物狠狠在我的头上敲打，要把我砸碎，
要将我赶到荒野，夺走我过去的幸福，
人生是多么的不幸和悲苦啊！

神的力量多么强大！希腊神话中还有许多类似的例子说明诸神有多厉害：帕特罗克洛斯穿上他的恋人阿基琉斯的盔甲杀敌无数，阿波罗神走到他的身后，一拍他的后颈，帕特罗克洛斯就变得十分虚弱，后来被赫克托尔杀掉。再如女神雅典娜只需轻轻一吹，便能将所有攻击希腊人的特洛伊士兵的箭全部吹走，令希腊军毫发无伤。

**桂枝** 有的人相信举头三尺有神灵，有的人不信。不管信与不信，人类狂妄自大是不争的事实。剧中有一段合唱在今天看来依然掷地有声：

**奇异的事物虽然多，却没有一件比人更奇异：**
**他要在狂暴的南风下渡过灰色的海，**
**在汹涌的波浪间冒险航行，**
**那不朽不倦的大地，**
**最高的女神，**
**他要去搅扰，**
**用变种的马耕种，**
**犁头年年来回的犁土。**

**他用多网眼的网兜儿捕那快乐的飞鸟，**
**凶猛的走兽和海里的游鱼……**

**他学会了怎样运用语言和像风一般快的思想……**

什么事他都有办法，
对未来的事也样样有办法，
甚至难以医治的疾病他都能设法避免，
只是无法免于死亡……

一方面这段合唱在歌颂人类的智慧，赞美雅典人的创造精神，从另一个角度看，这段合唱歌带有讽刺意味，人类的野心、贪婪、妄自尊大千古不变。从秦始皇追求长生不老药到今天的基因工程，都是源于人类追求不朽，想长生不老，希望超越人的极限。古典的《安提戈涅》到今天的《人类简史》都涉及相同的话题，人类好像不太善于反省，总以为自己战无不胜，无所不能。

**京京**　也许我们可以这样理解：世界上一切该说的都说过了，只是没人听，所以要重新再说一遍。

## 古典的女人

**京京**　古希腊人歧视女性，这部剧歌颂女子坚强勇敢，忠于神律，又以女性的名字命名，十分罕见。

**桂枝**　苏格拉底说过："女人是不及格的男人。"

**京京** 古希腊的女人不可以有地,不能有房产,没有继承权,不可自己出门,不能受教育,不能违抗男人的命令,家庭关系中父亲拥有最高权力。安提戈涅不以自己身为女子而低头,不畏人间的强权,将生死置之度外。

她已经许配了给海蒙,海蒙明显是爱她的。可是我们在剧中没有看到安提戈涅对海蒙的态度。只有当她面对死亡的时候,她才提到婚姻。

**桂枝** 爱情和这门婚事对她重要吗?她有自己的信念,知道什么最重要。遵守神律是第一位,其他都是次要的。

当国王问安提戈涅是否真敢违背国王的禁葬法令,她果断地说:"我敢。"因为禁葬这道法令不是来自宙斯和下界的正义的神祇,而是来自凡人的命令。

**我不认为凡人下一道命令就能废除天神制定的永恒不变的律条,**
**它的存在不限于昨日与今日,**
**而是永久的,也没有人知道它是什么时候出现的。**

多么勇敢,正气凛然。

**京京** 国王克瑞翁是大男人主义者。他告诫海蒙,宁可败在一个男人的手中，也不能让女人出色。国王说男人如果听女人话，便不是男人。如果自己让安提戈涅得胜，不受惩罚，那么自己便成了女人，安提戈涅反倒变成男子汉了。当安提戈涅进一步争辩的时候，国王说："只要我还活着，没有一个女人管得了我。"

**桂枝**　这不是男人听不听女人的问题，而是人是否遵奉神明。国王违背神律，在神律面前，大男人主义苍白无力。

## 权力

**京京**　国王克瑞翁的固执与傲慢蒙蔽了他，使他听不进儿子和先知的劝告。儿子海蒙说得好：

**"尽管有人认为只有自己聪明，只有自己说得对，想得对，别人都不行，可是把他们揭开来一看，里面全是空的。"**

**桂枝**　许多位高权重的人都会过于相信自己的权力而看不到事实的真相。历史人物，商业社会常见这种情况。太相信自己，沉醉在自己的成就中，旁边的人为保饭碗不敢挑战权威说出真相，当权者只会变得刚愎自用。

书中海蒙提到，一个人不管多聪明，懂得多少道理，必须学会放弃自己的成见。洪水边的树木低头，便保存了枝儿；那些抗拒的树木却连根带枝都毁了。在真理和诸神面前，人必须谦恭，像河边弯身的树。

**京京**　克瑞翁认为城邦归他一人所有，要求人民绝对服从。他没有从自己的经历吸取教训，犯了与先王相同的错误。在第一部剧《俄狄浦斯王》里，克瑞翁劝俄狄浦斯，俄狄浦斯不听；及后，克瑞翁的儿子海蒙劝克瑞翁，他不听。

克瑞翁专横，内心又曾经挣扎，他对自己说："到底我是为他人还是为自己统治？"他未能战胜自己，以个人的意志取代城邦的意志。克瑞翁说，"我要为自己的国家，我做的一切是为了国家"，可是面对权力，他心里又想："城邦赋予了个人权力，命令不管大小对错，命令就是命令。"

他认为城邦归他一个人所有，他看重的是人们是否服从。国家是我的，由我来定什么是好与不好，人们一定要服从，不听话就是错。

俄狄浦斯也一样，他到后期越来越重视个人的权力。他对克瑞翁和其他人都采取强硬敌对的态度。很多人以为俄狄浦斯的原文是俄狄浦斯王，曾经有学者提出，在古希腊语，这部剧的名字是俄狄浦斯暴君。我认为暴君这个称呼对后期的克瑞翁也相当合适。

## 猜疑

**京京**　国王的另一致命伤是多疑。当他听到尸体被埋葬,马上指控士兵贪财,收了别人的好处而埋葬死者是密谋。他手上没有任何证据,全凭自己多疑的猜想。

在上一部剧《俄狄浦斯王》中,克瑞翁和俄狄浦斯对谈,当时克瑞翁讲得很有道理,可是对方不假思索便说克瑞翁贿赂了先知忒瑞西阿斯。

**桂枝**　在这部剧中先知对克瑞翁好言相劝,克瑞翁说先知收了贿赂,为了贪图利益说出漂亮又可耻的话,而且还咒诅先知将来会很可耻地摔倒。这两件事像是个环,情节安排得很紧凑,上下相连,互相对照。

**京京**　一个人被人冤枉了,后来自己又去冤枉别人。人,总是这样。

**桂枝**　很多时候,烦恼的罪魁祸首是猜疑。从假定演变为无中生有,进而妒忌,愤怒,专横无理,只顾一心坐实自己的假定是猜疑的常见路径。想打破它,就要看我们是否愿意用行动来求证,用实证来否定假定。不管怀疑什么,事情不会因为你的猜疑而变为真实。

**京京**　让自己活在猜疑中愚昧至极。

## 父与子

**京京**　国王的儿子海蒙认为安提戈涅埋葬哥哥是十分光荣的事。他向父亲提出"一个人的城邦不算城邦",直接批评作为国王的父亲。

**桂枝**　王子海蒙对安提戈涅一往情深。他跟国王父亲说:

**"天神把理智赋予凡人,这是一切财宝中最有价值的财宝。"**

他发出了理性的声音,希望爸爸权衡神律与人间的法律孰轻孰重。为了信念与原则,他和父亲对抗,站在未婚妻的一边。

**京京**　我们现代人可能觉得海蒙这样做很正常。可是在古希腊,王子的行为十分罕见。在大部分古希腊悲剧中,人间有两种权力很少被质疑,那就是父权和军权。父亲在自己家中的权力,几乎等同于国王在国家的绝对权力。海蒙的爸爸既是国王又是父亲,有军权同时有父权,海蒙这样做,是挑战了绝对的权威。

**罗密欧**

**京京**　安提戈涅坚持神律，海蒙守护神律。我喜欢海蒙。他比罗密欧好多了。

**桂枝**　不容置疑。

**京京**　我个人觉得《罗密欧与朱丽叶》是一部悲喜剧。莎士比亚是把他们当笑料了。海蒙最后将剑刺在肋里，将安提戈涅抱在自己无力的手臂中，最后尸体抱着尸体。他们的殉情比罗密欧与朱丽叶深刻得多。

**桂枝**　罗密欧与朱丽叶的殉情是苍白的。两个家族不停在打，时间太长，根本不知道为什么要打。《殉情记》（又译作《罗密欧与朱丽叶》）的基础是可笑的仇恨。

**京京**　罗密欧的殉情完全没有意义。

**桂枝**　他们殉情后，两个家族不再打了。

**京京**　这是唯一的意义。

## 悲剧英雄

**京京** 克瑞翁属于亚里士多德理论中的希腊悲剧英雄。希腊的悲剧英雄必须具备这些特点：他们要有崇高的地位，具备某些过人之处，受到社会的尊敬。俄狄浦斯拥有过人的聪明才智，克瑞翁有领导才能。

最后他们从身居高位变成一无所有。俄狄浦斯瞎了眼，失去了王位与家人；克瑞翁妻离子散，失去了人民对他的爱戴和尊重。两位国王最终都自我放逐。

最重要的是他们的倒下是因为自身性格上的缺失。克瑞翁坚持己见，为所欲为，他的沉沦是自己一手造成的。

**桂枝** 我原以为安提戈涅是英雄。

**京京** 从古希腊的角度看，她不是英雄。我们必须知道古希腊的英雄不一定是我们今天定义的道义之人。阿基琉斯虽然不为希腊军出战有点自私，却是希腊悲剧中的英雄。他是神与人之子，刀枪不入，却由于性格的缺失而沉沦。希腊悲剧要表现的，是多厉害的人也会沉沦。

安提戈涅是近亲结合所生的，他爸爸在不知情的情况下与自己的母亲结婚生下了她，她原本不是处于高位。后来因为坚持神律，被国王关在石窟中自尽而死。她的经历没有从高到低，她的死亡并非基于性格上的缺失，因此她没有希腊英雄的特质。

个人具备超凡的才能，后来因为性格的缺陷造成地位的起落，能令一个人成为古希腊悲剧的英雄人物，这是亚里士多德的定义。回过头去看安提戈涅，她从始至终都守护着神律为尊的信念，国王的处分没有令她退缩，死亡没有使她动摇。古希腊悲剧中英雄的悲惨之处在于他们不能战胜自己性格的缺陷，可是安提戈涅不一样，她战胜了恐惧，不畏强权不怕死。

## 姐姐与妹妹

**京京**　安提戈涅告诉她妹妹，她们活在不同的世界，姐姐甘愿死，妹妹选择生。

**桂枝**　姐姐安提戈涅甘愿为神律而死，妹妹觉得要服从国王的命令，生存更重要。

**京京**　妹妹有自我保护意识。安提戈涅对死一点都不惧怕，可能她根本就不想活。因为不想活,她后来的死顺理成章。我认为她有自杀倾向。她早早就想到要为哥哥而死,要自我牺牲。

**桂枝** 妹妹胆小、务实,不像姐姐果敢,二人的价值观不同。

**京京** 价值观不同的人看到不一样的世界,活在不一样的世界。

**桂枝** 我觉得首先是信念,信念不同的人有不一样的想法,想法驱动一个人的行动,行动累积后成为惯常的心态,惯常的心态不知不觉演变为一个人的价值观,价值观会变成必然发生在一个人身上的事。源头是信念。她们两个人的信念不一样。

**京京** 姐姐的信念是神;妹妹的信念是人。

## 世界

**桂枝** 每个人都活在自己的世界,觉得自己做的事情合情合理。而这部剧有意思的地方是表现了多面性,不是非黑即白。

**京京** 在第一集《俄狄浦斯王》中，克瑞翁劝导俄狄浦斯，两人发生了很激烈的争执，最后作为国王的俄狄浦斯手刺双目，要求对方照顾他的儿女。克瑞翁点头答应，信守诺言，照顾他的子女，还安排自己的儿子海蒙与安提戈涅定亲。

**桂枝** 言而有信是克瑞翁可取的地方。在这部剧中，死者是个叛徒，站在维持社会秩序的立场，他的禁葬令不是完全无理。只是从古希腊人的信仰来看，他违反了神律。

**京京** 安提戈涅的妹妹说，既然国王定了这样的法律，为什么要触犯？他是国王，不可能跟他对着干。任何务实的人都会像妹妹这样想和这样做。

**桂枝** 至于安提戈涅，她是乱伦的父母所生的，从她父亲的经历，她知道诸神的力量，她坚守神律，一定要埋葬哥哥，也没有错。

安提戈涅有道理，国王也不是没有道理，妹妹有理，海蒙守护神律也行之有理。

**京京** 不管他们感到自己多有理，这部剧表现的，是神律凌驾国王的命令。

**桂枝** 人不是神。假如人能像看电影般俯瞰万物会更有意思。将视角从自身所在的处境中拉出，像电影镜头一样往外推，我们会看见身边的人，见到周围的景物。将镜头接着往上拉俯视向下看，会见到高山、江河、邻国、大海、地球、银河、无边的宇宙。这样去看，我们会知道身边有别人，有世界，有星系。我们会变得谦卑，少一点自以为是。俯视去看，烦恼也会减轻。

### 既是男人又是女人的夹缝人

**京京**　剧中的先知忒瑞西阿斯十分有意思，他活在人间世和神的国度之间。他的性别也曾经男女转换。

他在剧中是男人，很久以前也是男人。这话应该先说清楚来龙去脉。一天忒瑞西阿斯看见两条蛇在交配，便将它们分开赶走，宙斯的妻子赫拉看到后不高兴，于是把他从男人变成女人。忒瑞西阿斯做了七年女人，其间生了小孩，当了妈妈后她又看见两条蛇在交配，这次她不管它们，赫拉怜悯她，又将她变回男人。

更有趣的是一天宙斯和妻子赫拉发生争执，双方争论在性爱中是男人快活还是女人开心。忒瑞西阿斯当过男人又做过女人，他根据自己的经验，回答赫拉说女人更快活。赫拉听后特别生气,她认为男人应该更快活,便把忒瑞西阿斯的眼睛弄瞎了。

宙斯怜悯忒瑞西阿斯,于是赐给他先知的能力,从此他能听懂鸟语和其他动物说的话。于是,这位当过女人的男人便成了夹缝人,同时是非人非神的先知。

古希腊人对夹缝(In between)很重视。先知忒瑞西阿斯出现在事情发展的交叉口,强调人在十字路口关头的重大抉择,这是剧作家的精心安排。

**桂枝** 最后克瑞翁听从先知的话,只是为时已晚。

**京京** 先知诠释未来,可是他们不决定未来。这部剧有意思的地方是神没有占一个重要的位置。而在第一部剧《俄狄浦斯王》的开头,阿波罗神用箭带来瘟疫,先知把预言说出来,带动整部戏剧直到它结束。

### 诸神缺席

**京京** 安提戈涅敬畏神,诸神却没有帮助她,最后她还是没能免于一死。一般来说,神会直接参与人世间的事。例如我们在《伊利亚特》中看到当阿基琉斯将赫克托尔的身体拉在马车后面，第二天赫克托尔的尸体是完整的。诸神直接参与去保护尸体。赫克托尔虔诚，神要帮助他。而安提戈涅哥哥的尸体是腐烂的，还被狗子、野兽和飞鸟吞食，诸神没有出手保护。

**桂枝** 神也没有救安提戈涅。这点是比较奇怪的，因为她是在维护神律对不对？

**京京** 这是作者的选择，选择不让神有那么大的影响。我认为这是具有重大意义的。诸神没有参与，突出了是克瑞翁的个人行为带来自己悲惨的下场。

**桂枝** 神律最大，是否选择遵从神律，诸神将这个权利交给人。

**京京** 一切在于自己如何选择，怎样行动。

# 性，脏，不脏？

## 《沉香屑·第二炉香》（张爱玲）

我跟京京说，要不我们一起读读张爱玲。于是我们一起读了《金锁记》、《沉香屑·第一炉香》、《沉香屑·第二炉香》（以下简称《第二炉香》）以及《倾城之恋》。

最后我们决定记录《第二炉香》的讨论是基于这部小说独特的角度。张爱玲在这个短篇对两性关系提出了一些相当尖锐的观点。八十年前的思想，今天看来依然前卫。

## 梗概

愫细的母亲是个寡妇,带着三个女儿在香港生活。大女儿婚后不久,丈夫自杀。传说她的丈夫是禽兽,对她做了可耻的事儿。

二女儿愫细爱上了大学教授罗杰,双方同意结婚。新婚当晚愫细从新房仓惶逃走,惊动了大学宿舍的同学。同学们见愫细楚楚可怜,认为罗杰一定对妻子做了过分的事。

同学们带着愫细找校长申诉,校长与愫细对谈后劝她回到丈夫身边,无奈愫细不依不饶,去找与罗杰有嫌隙的教务主任毛立士。

毛立士借机将事情闹大,逼令罗杰请辞。事件成为校园和社交圈的热门话题,最后罗杰经受不住流言蜚语的压力,自杀身亡。

## 人物

| | |
|---|---|
| 罗杰 | 大学教授 |
| 愫细 | 罗杰的新婚妻子 |
| 毛立士 | 教务主任 |
| 填房太太 | 毛立士的填房,勾引罗杰 |

悚细母亲　一名寡妇
悚细姐姐　传说她的丈夫是色情狂

## 这一回，男人是受害人

**桂枝**　与性相关的故事一般都是女性是受害者，这部小说却这样写：一名女子拒与丈夫于新婚之夜发生关系后逃跑，丈夫受不住舆论与经济的压力，自杀身亡。

男人因要求与妻子发生关系而成为受害人，这个角度相当有意思。

**京京**　悚细感到丈夫新婚之夜正常的性要求禽兽不如，认定对方是畜生，把她所有的理想都毁了。她声泪俱下，楚楚可怜，周围的人不知道事情的真相，都站到了她那边。

悚细姐姐的丈夫在新婚之夜也遭到妻子同样的对待，最后自杀身亡。姐姐对罗杰说丈夫对自己曾经做出可耻的事儿，而对方说一切是基于爱。

**桂枝**　开始我以为这对姐妹的丈夫一定做了一些过分的事情。作者没有把事情说清楚，这样写很有意思，因为读者自己会填空，会产生看法。后来我认为罗杰与姐姐的丈夫是无辜的，事情的发展也证实这两个男人在新婚之夜的行为是正常不过的事情。

## 男人是禽兽，女人也是禽兽

**京京** 女人喜欢叫某些男人作禽兽。愫细在新婚当晚出走后到了校长的住处，跟对方说丈夫是个畜生，同时几次提到丈夫罗杰是禽兽。愫细的姐姐也说到自己的丈夫禽兽不如。要求与妻子发生正常的性关系到底是不是禽兽，这是不言自明的。

**桂枝** 张爱玲下了一个很有意思的评价，小说中用了两次动物的意象。禽兽不是男人，而是女人。

**然而他（罗杰）最不能忍耐的，还是一般女人对他的态度。女秘书、女打字员、女学生、教职员的太太，一个个睁着牛一般的愚笨而温柔的大眼睛望着他……怕他的不健康的下意识突然发作，使他做出一些不该做的事情来。**

周围的女人鄙视他，厌恶他，可是后面这段话很重要：

**她们畏畏缩缩地喜欢一切犯罪的人,残暴的,野蛮的,原始的男性。**

女人睁着牛一般的眼睛,既在骂,心里又想要,这是有关女人是禽兽的第一次描述。

毛立士的填房太太勾引罗杰,她当时意外滑了一下,人压在罗杰身上。

**胸口的衣服里仿佛养着两只小松鼠,在罗杰的膝盖上沉重地摩擦着。**

春心荡漾的填房太太,胸脯像小松鼠一样活蹦乱跳,在男人的身上摩擦,这是动物世界的画面,动物就是畜生。

第一个牛的意象在说女人既占道德的高地,又渴望得到性的满足;第二个意象说女人对性的强烈欲望。

**京京**　无论男女都有性欲,如果男人是禽兽,女人也是禽兽。

**桂枝**　张爱玲更进一步,她认为性可以成为女性的法宝,变成女性的护身符。

## 性侵

**京京**　当一个女人指控一个男人性侵,人们会偏向女的。

愫细跑到学生宿舍的时候,有同学说因为不知道实情,不知该如何处置,其他同学马上说罗杰道貌岸然,外表越是规矩的人越不检点,这种人心理变态。

**桂枝**　学生们找不到罗杰,大家又说他一定去了湾仔找妓女,是个色情狂,犯了神经病。这些话全是猜想,假定罗杰对愫细做了一些不该做的事情。人们以维持正义,保护弱者之名在脑海中编织故事,这些流言蜚语像蜘蛛网缠绕着他,最后害死了他。

如果你的同学之间发生这类事情你觉得会怎样?

**京京**　哪怕男的站出来说自己无辜,人们还是会带着怀疑的目光去看那个男的。

**桂枝**　人们会说无风不起浪,这中间肯定有事儿。

**京京**　这是不公正的说法。很基本的判断是直到掌握充分证据之前,此人是无辜的。

**桂枝** 可惜人们不会去寻找客观的事实与证据，而偏向活在自己的假定之中。当事人罗杰没有站出来说明实况，对于这位保守的英国人，性是羞于启齿的。

**京京** 所以他只能被别人的流言逼死。就像故事中反复出现的蓝色牙齿一样，蓝色牙齿是那种淡淡的幽幽的、阴森恐怖的蓝，出现在姐姐和愫细的身上，最后罗杰开煤气自杀……

火焰像一排小蓝牙，最后突然向外一扑，伸为一两寸长的尖利的獠牙。

牙齿有开启关闭的作用，我们说话是用嘴巴，开口说话，闭嘴别说，这蓝牙是两姐妹对自己丈夫的评价，同时也是周围的人口中说出来的闲话。

**桂枝** 以讹传讹，从听说这样那样，变成事情是如此这般。

**京京** 人，总爱活在想象之中。

## 性教育

**京京**　两姐妹的无知与她们的妈妈有关。妈妈对她们管教很严,看什么报纸都要批准过问,所以这位妈妈应该从来没有教育女儿什么是男女之事。也有可能是她妈妈原本只希望女儿不要有婚前性行为,料不到后来带来很深的影响。

**桂枝**　对于一个已经二十一岁的女子,性是本能,是正常的生理反应,除非她妈妈教育她们男人这样做是错误的,要不然,愫细表现出强烈的恐惧和反抗是不合常理的。

**京京**　妈妈必定了解性,要不然她生不出三个女儿。为什么她没有正确教育大女儿,让悲剧重演在二女儿身上?大部分人认为这个故事是缺乏性教育的结果,网上不少评论说这是一个性封闭的故事。大部分人都忽略了对于两个已经二十以上的女性,性是本能。

**桂枝**　我认为这可能是妈妈的计谋。愫细在新婚之夜出走后的第二天,她的妈妈带着女儿到处拜访朋友,尤其是罗杰的同事,令当时身处香港的很多英国人家全知道这件事。家丑不外传,英国人很保守,这位妈妈带着女儿到处宣扬,让自己的女婿如过街老鼠,这些作为十分可疑,动机值得怀疑。

姐姐的丈夫自杀后，死后的财产如何分配小说没有说明。这是留白，让读者自己填上。两个女婿自杀是不是妈妈所设的一个局，这样做是否为了获得女婿的金钱，同时让女儿陪伴身边？我们不能排除这些动机。

**京京**　这些人物一个个现身我们眼前，又保持了一定的私密性。

**桂枝**　现实中人也是这样的，没法看透。

### 性，脏不脏？

**京京**　大部分人都谴责性。开篇女孩说姐姐昨天给了她一点性知识，她觉得知道了之后一切美好的幻想全毁了，因为这事太污秽了！

**桂枝**　十多岁的女孩子对性没有认识，觉得可怕很正常。我中学念的是女中，没有男同学。一位善良又漂亮的初三女同学跟我说过，姑姑告诉她男女之事后，她决定一辈子不谈恋爱不结婚，因为接受不了性行为这吓人的现实。

**京京**　今天的性教育资源很丰富，网络上什么都有，开放多了。

**桂枝**　中国文学的性描述向来很精彩，过去的人不懂这些，可以看看《金瓶梅》。

**京京**　不管是否知道性事，对性提出谴责是大众的立场，所以故事开篇提到了"脏"。

**人总是脏的，沾着人就沾着脏。**

**桂枝**　性是脏事，这是由于性与道德相关。几乎全世界骂人的粗话都与妈妈、性行为和性器官相关。无论中外，这些骂人的话统称为"脏话"，英语把色情笑话叫作脏笑话。

**京京**　西方不少宗教认定通奸是犯罪，以及婚前性行为不道德，中国人讲贞洁，少女要冰清玉洁，随便的女人被叫作淫娃荡妇，是贬义词。

**桂枝**　我觉得女性如何对待自己的身体是个人的选择，有的人选择谨慎，有的选择随意。有的人认为性行为是运动，有的女孩觉得跟许多人睡觉很酷，以此获得自我价值的肯定。

Sharon Olds写过一首诗叫《没有爱去做爱》，最后一句是这样写的：

**宇宙中一个孤单的身体依偎着自己最美好的时光**

没有爱去做爱，得到的就是这种感受；我觉得有爱去做爱也一样，人始终是孤单的。

**京京** 人们总爱批评随便的女性。我不会在道德上评价，我只是感到随便跟人睡觉很危险，因为不知道对方的底细而一夜情，有机会得传染病，被性虐待，万一对方是个杀人狂魔怎么办。

**桂枝** 别人如何选择是别人的事。我只觉得如果随便就睡，当遇到真正深爱的人，这件美好的事情便失去了应有的价值。这是从自身出发的，跟对方没有关系。身体是自己的，为了自己，一定要想清楚。

### 他爱上了谁？

**桂枝** 罗杰爱上了悚细，因为她有惊人的外貌。她像是个洋娃娃，像是罗杰自己前世画的一张图，他想画而没有画出来的一幅画。

**京京**　图画和洋娃娃都是装饰性的东西。你有一张画，你是不会去触碰它的。一个好看的洋娃娃，你会摆着，不会碰。张爱玲那个年代的洋娃娃应该是易碎的瓷器。洋娃娃是物件而已，没有思想，没有行动。

**桂枝**　婚礼中愫细走进教堂，走过了蓝色的窗子便变成蓝色，走过金黄色的窗子变成金黄色，走过玫瑰色的窗子变成玫瑰色。窗外的光可以随意改变她，由光来决定她是怎样便怎样，而不是自己具备自己的本色。

**京京**　所以，愫细是空洞的，是没有灵魂的壳，外面的光填满了她，进来的光可以改变她。看得出张爱玲鄙视这个内心空洞的女孩。

**桂枝**　婚礼后罗杰和愫细单独坐上一辆车去拍照。

**（愫细）像玻璃纸包扎着的一个贵重的大洋娃娃，窝在一堆卷曲的小白纸条里。**

洋娃娃"窝"在卷曲的小白纸条里，让我们看到盒子放在桌面上，洋娃娃躺在盒中，周围是包装的碎纸条。寥寥数笔，构置了愫细这个像玩偶一般的女子，是一件易碎的物件。

**京京**　罗杰爱愫细，看见她外表的美貌，看不见她的空洞。

**桂枝**　愫细平常与年轻军官一起玩，可是觉得军官的智力年龄比不上自己，看不上他们，罗杰是大学教授，与众不同。

**京京**　愫细认为罗杰出众，故事的叙述者却说罗杰是个平庸的人。他在大学教化学，十五年来没有换过讲义，不看新的教科书，在课堂讲的笑话都是十五年来一直在讲的，氢气有氢气的笑话，氧气有氧气的笑话，罗杰连自己都看不起自己。

**桂枝**　罗杰是个安分守己的人。他的安分是他性格的重点。然而，他的个性却受到了威胁，因为愫细的行为不让他照老样子活下去：他的十五年讲义要作废，千篇一律的笑话没机会重复说下去。

我不知道罗杰的头发是什么颜色，看不见他的相貌，然而，我却了解这个人，我知道他的内心世界。

我永远记住罗杰。这个平凡安分的人的生活无端被破坏。我看到他受到无常的命运摆布，又由于个性保守，不为自己辩解，最后放弃生存。

这不是秽亵的，这是一个悲哀的故事。张爱玲在故事开篇已经说明。

**京京**　这是作家的功劳。作家让她手中的这个人物，这位保守安分的英国大学教授与读者心灵相通，我们对他不幸的遭遇感同身受。

**桂枝**　罗杰是虚构的，又是真实的，因为我们付出了情感，真心诚意在阅读。

## 勾引

**桂枝**　毛立士的填房太太是位主动进攻的女性。

**京京**　传言说罗杰对妻子做了过激的事儿，她假定罗杰是个有强烈性需求的人。

**桂枝**　罗杰和同事们打完网球后一起走下山，填房太太在其中。罗杰突然觉得有一只手在他的肩膀拍了一下，浑身的肌肉起了一阵战栗。

**（原来是填房太太）脖子上的苔绿绸子围巾，被晚风卷着，一舐一舐地翻到他身上来。**

这个比喻不是落在围巾上，而是"一舐一舐"，舐是用舌头去舔，女人的舌头伸过来一波又一波搭到罗杰的身上，挑逗的情态妙到毫端。

**京京** 填房太太可能受到谣传的影响，以为罗杰对性有强烈的渴望。她费尽心思，看见罗杰玩填字游戏，挨在他身上，胸脯在他的膝盖上摩擦，后来用微带沙哑的喉咙低低说道："不要把自己压制得太厉害。"又用手兜住他的膝盖，攀着他的腿。

罗杰却不为所动，感到这女人连一点单纯的性吸引力都没有。这个主动的女人最后扑倒在地，罗杰决绝地离开。

张爱玲用填房太太这一段作为一个对比。进攻型的女人，被男人拒绝了，而那两个哭哭啼啼的女人却拒绝了男人正常的性要求。

**桂枝** 罗杰不是放浪的登徒子，填房太太当然勾引失败。

## 假如我是这样的妈妈

**桂枝**　你觉得这个母亲怎样?

**京京**　她就是很莫名其妙吧,连看什么报纸都要经过她的检查才可以看。

**桂枝**　假如我是这样的一个人?

**京京**　我会离开你。

**桂枝**　自由可贵,离开很合理。

**京京**　这位妈妈活在自怜之中,抱怨自己命苦,带着三个女儿千辛万苦过日子。她认定自己是命运的受害人。

**桂枝**　假如我像她妈妈这样,整天抱怨,你会怎样?

**京京**　我也会离开你,起码精神会离开你。

**桂枝**　这也很合理,与负面的人一起,对身体与精神有害。有些人很喜欢让自己成为受害人,她妈妈就是这样,抱怨自己命运不济,丈夫早死。

姐姐外表凄凄楚楚，歇斯底里地认定自己是个不幸的人。愫细更不用说了，她以受害人自居，到处告诉别人自己被丈夫欺负。这三个女人都顾影自怜，全是可怜人。

## 爱

**京京**　事实上罗杰最可怜，爱愫细爱得那么厉害。

无论谁，爱到那个地步，总该是可怜的……

**桂枝**　爱一个人便会受到伤害，越爱，越容易被伤害。

# 生活在陆地的我们，要向往大海

*《午后曳航》（三岛由纪夫）*

一天京京到我的住处吃饭，走的时候忘了带走一部书。我随手拿起来读，书名叫《被大海遗弃的水手》，汉译名字为《午后曳航》，作者是三岛由纪夫。

离开英国前我将书还给她，她当时有点诧异。她敢情和我一样，丢失了东西自己都不知道。然而，有些东西我们却永远忘不了，包括龙二这位水手，还有他心中永远的大海。

## 梗概

阿登的妈妈天天晚上将他的卧室门反锁,惩罚儿子阿登与同伴外出玩耍,不听妈妈的话。

他的房间有一个靠墙的大柜子,里面的抽屉有一小孔,可窥见隔壁房间妈妈的一举一动。妈妈丧夫五年,生活靠主理丈夫遗留下来的企业——一家售卖高级男士用品的舶来商店维生。母子二人住在横滨一幢独立的房子,生活安逸稳定,过的是中上阶层的洋化生活。

某天妈妈和阿登一起参观轮船认识了水手龙二。第二天晚上,妈妈和水手在家中发生关系,被阿登从房间抽屉的小孔看得一清二楚。龙二与妈妈共处三天,后因工作要远航数月。远航回来后,龙二决定告别大海迁移到陆地,与阿登的妈妈结婚。

13岁的阿登是一个向往大海的男孩,他与五个好朋友对世界、对社会、对人生有着与世人不一样的看法和认识。

阿登和小伙伴对龙二要离开大海到陆地生活的决定感到十分失望。他们决定要做一件事:肢解龙二,让他回归大海。

## 人物

阿登　　男孩，13岁
房子　　阿登的妈妈，33岁，丧夫五年
龙二　　水手，34岁
小伙伴　五名，其中关键人物为首领

## 陆地

**桂枝**　我从来没有意识到自己生活在陆地。看了这本书才想到自己从出生到现在是个陆地上的人。我们很少注意自己日常生活所在的地方，可能是习惯了。习惯让我们与身边的一切融为一体。习惯了便熟知，熟知后适应，半夜睡醒摸黑上卫生间没有绊倒都是习惯的功劳。习惯，让我们安全地生存；习惯，同时使我们麻木，一旦习惯了我们便意识不到身边事物的存在。

三岛由纪夫不一样，他没有因为习惯而麻木。他提出了一个有趣的问题：我们除了生活在自己习惯的陆地，是否可以做出其他选择，比方说生活在大海上？

**京京**　也许在这个问题之前，我们可以先问下面的问题："生活在陆地有什么不妥,我们在陆地过的是怎么样的生活?"

**桂枝** 陆地是不动的,固定的。陆地的生活是安稳的,是一成不变的。我们总希望无风无险。而且,在陆地的生活是社会性的,社会有既定的秩序,有制定好的规矩。书里的一群小孩提醒了我这些。

**京京** 书里面说,女人,是属于陆地的。阿登的妈妈叫房子,她的生活是陆地的生活:房子每天从家到自己的商店处理业务,中午叫外卖简餐,下班回家看孩子做功课,唠叨儿子,空余时间坐在房间里做十字绣,临睡前对着镜子察看自己的身体,每年在固定的季节派手下到国外为商店进货。这位妈妈不只享受在陆地的稳定生活,还囚禁他的儿子,故事一开始便说到她每天晚上将儿子反锁在他的卧室。

**桂枝** 我们不也是这样吗?自己被囚禁,同时囚禁别人。

## 大海

**京京** 在陆地生活的我们要看看大海。大海值得我们向往,故事中的水手龙二是属于大海的。

**桂枝**　大海有惊涛骇浪。海上的生活是危险的，因为大海与死亡连在一起。日本人认为死亡是迷人的，是美的，由于与死亡连在一起，所以大海是完整的。

**京京**　阿登见到水手龙二的时候认为他完整，甚至是神圣的，因为龙二来自大海。他看见妈妈与水手做爱，感到这水手的身体像是由大海的铸模铸造出来，雄伟崇高，像是佛塔。

向往大海的阿登希望成为轮船的铁锚。这个铁锚会把自己历经磨炼的身体沉入港口的淤泥里。淤泥埋有空瓶、橡胶制品、旧靴、缺了齿的红梳子、啤酒瓶。这些现代文明产物是破碎的，是烂掉的，是垃圾。所以，阿登的理想是在烂泥般的现代文明里当轮船的铁锚，稳定地存在于包容的大海中，在破碎的现代文明中坚持自己。所以他说，他要在自己的心脏文上铁锚的图案。

**桂枝**　生活在陆地的我们不要忘记阿登的志向，在破碎的现代文明中坚持自己。从另一个角度看铁锚的意象，我们可以理解为陆地上的现代文明物质生活是海里的垃圾；简而言之，物质是精神的淤泥。

今天我们很少想到这些，因为生活被物质填得满满当当。我们会不会忘记思考我们精神上的领地，忘记了世界除了陆地，还有大海？

## 大海中的水手

**桂枝** 我也向往到海上生活,在海上当一名水手,像故事中的龙二一样。龙二知道海上生活的可贵。所以他喜欢这首歌:

**我生来就是大海的男人**
**面对远去的港湾**
**悄悄,悄悄地举手挥舞,心潮起伏**

生下来就是先天的,属于先天的很难改变,改变需要付出沉重的代价。

**京京** 龙二天生是水手,他相信自己有一种闪闪发光的命运,非他莫属的命运,其他水手不能容忍的命运。

**桂枝** 男人好像挺喜欢和别人竞赛。龙二看不起那些成家立业的水手。在龙二眼中,成了家的男人在出海的时候盯着自己小孩的照片念念不忘,是没出息的。假如龙二生活在今天,他一定会对那些晒娃做饭的男人嗤之以鼻。

**京京** 龙二和他的创造者三岛由纪夫都是典型的大男人。三岛由纪夫眼中没有女人,书中所有男人的眼中都没有女人。

**桂枝**　这书是男人为王的，作为读者，无论男女都可以欣赏三岛由纪夫的雄心与柔情。我们能够感受龙二眼中一成不变的陆地生活，下面这段体验很细腻，龙二从船上上岸后，看见一户人家的厨房：

偶尔从厨房门口瞟上一眼，瞥见刷洗干净的锅的反光，感到这一切是虚空的。

这些锅被刷到发亮反光，应该是家中有个勤快的主妇或是保姆，这个家应该是有人打理，有人照顾的家。龙二感到家庭伦常生活发出的光虚空，安稳的日子是虚妄，因为他生来就是大海的男人，大海的男人不应该过这样的生活。

**京京**　龙二的家境不富裕，母亲死了，妹妹死了，后来父亲也死了。他是一个被陆地抛弃的人，因为讨厌陆地所以成为船员。他长期航海，背离陆地，又使他屡屡梦见陆地。他在梦中见到自己厌恶的陆地，是悖理。

**桂枝**　这是理想与现实的挣扎。我以前在公司上班，经常从办公室往窗外看，对面是另一幢办公楼的中庭花园，常常有喜鹊飞来。我看见喜鹊飞，总想飞出去，离开办公室，离开自己天天坐的椅子和桌子。

**京京**　龙二说海上的生活让他达到男人的顶峰。这顶峰是来自：航海面对未知的辉煌，能让存在解除束缚，按他自己的话说，是能让他洋洋自得地面向永远。

**桂枝** 男人是要出征的，当他年轻的时候，他说他是个男子汉，他需要与世隔绝，他要出去。男人赴大义，女人留下来，这是龙二的想法。

**京京** 与世隔绝的意思是与家庭伦常隔绝。在打算和房子结婚后，龙二发生了巨大的改变：

**渐渐地，龙二沾染上了可恶的陆地日常生活的气味，家庭的气味，邻里近所的气味，和平的气味，烧鱼时的气味，寒暄的气味，总是待在那里一动不动的诸多家具的气味，家庭收支账的气味，周末旅行的气味……陆地上的人们或多或少黏附在身上的这些尸臭。**

这些家庭伦理生活的气味是尸臭，而这种尸臭是来自生活在陆地上的人的。

**桂枝** 咱们俩是不是也有这尸臭？

## 房子

**桂枝**　阿登妈妈的名字叫房子很有意思。房子就有居家安稳的感觉。阿登晚上从小孔偷看妈妈，看见妈妈的裸体，看到妈妈与龙二做爱，妈妈自慰。有一段话这样写儿子眼中的妈妈：

**有时候，她会坐在化妆桌前，久久凝望镜子，脸像发烧一样，眼睛空洞，将带有香气的手深深植根于两腿之间。**＊
（上文基于英语翻译，汉译版本对这段的翻译比较含糊。）

这段描述像是一幅画像，一张冰冷的、令人不安的画像。阿登觉得他妈妈是空洞的，他的小伙伴们甚至觉得妈妈是一间可怜的空房，不是指她守寡，而是指她精神空洞。

**京京**　表面看，人们可能会以为是这个男孩喜欢他妈妈，后来有了水手龙二，所以要杀掉他。事实上，阿登一点都不被他妈妈吸引。

**桂枝**　他说如果妈妈唠叨不停，会偷看她；如果妈妈表现好，便不偷看。这是对妈妈的惩罚，阿登从来没有爱上妈妈。

**京京**　惩罚是源于他感到妈妈是如此空洞，妈妈表现不好了，便要多看看空洞的、不堪的妈妈。看到妈妈的空洞，阿登得到满足。

**桂枝** 他偷窥完全不是因为"性"，而是好像希望从中找出一些意义，甚至是寻找真理。书中没有提及阿登因为看见这些而引起性的冲动。偷窥妈妈的隐私不是作为性的启蒙，而是一种哲学思考。

**京京** 直到水手龙二来了，与妈妈发生关系，阿登觉得一切完整了。这一份完整是来自水手，而不是来自他妈妈。

**桂枝** 龙二想将自己对大海的感受告诉房子，最后他没有说，阿登兴高采烈跟妈妈提到轮船，房子兴趣索然。就像龙二自己说的，房子不会理解，甚至不会尝试去理解。龙二没有想到，房子是属于陆地的，陆地不同于大海，属于陆地的不会明白属于大海的。

**京京** 三岛由纪夫还加了另一个角度，通过对妈妈房子生活的描述评判西方。三岛由纪夫出身日本传统武士道家庭，反对西方价值观。房子的生活基本是脱离日本传统文化的。

她在家里吃西餐。一年只在新年的时候例行依一下旧传统。她店里售卖的商品是国外的奢侈品；中午她在公司吃德国点心店的简餐；和朋友吃饭到法国餐厅，餐单是外文。她以来自国外的运动——网球保持自己的体形。

她家里的陈设都是外国的东西，其中包括酒神的雕像，酒神具有群体性交的象征意义，妈妈放了酒神的雕像，象征着欲望与对性的渴求。妈妈的丝袜因为走丝而被匆忙脱下来，屋子里有一股不沉稳的气氛，也是在说妈妈的心理状态。

**桂枝**　不沉稳的气氛是叙述者的介入，作者明显看不起这个女人。作者还将她的妈妈等同是娼妇，当龙二与她妈妈发生关系之后，龙二想起了自己的第一次——那个与他发生关系的香港妓女。

**一切都在无言中进行……女人的下半身宛如冬眠中半睡着的小动物一般，在被窝里缓缓蠕动着……当龙二意识到那就是女人时，一切都已经结束了。**

他回忆自己在小艇上与妓女发生关系，他与房子上床后，第二天早上将这往事完整回忆，回忆过后，响起敲门声，房子亲手端着盛着早餐的托盘走了进来。

这上下文的连接是电影剪接。他对妓女的回忆是由房子走进屋里给他送上早餐的时候打断的。事实上不是打断，房子是妓女的延续。

龙二觉得房子不会洞察他感到自己生下来就是大海的男人的感受，不会明白男人内心郁暗的底层。

水手感到：如果是这样，他只能把她当成是一块肉。

**京京** 事实上，她只是一块肉。一块好看的肉。给水手的身体充分的满足。

**桂枝** 还有，龙二甚至觉得这块肉不是独一无二的，他和她进一步亲热的时候，他想起还有其他肉块活生生地存在着这一滑稽的韵味。这里泛指女性。

**京京** 作者还多次用蛇的意象来描写房子。第一次两人上床，房子的衣服脱下来，衣服的声音像蛇一样发出了警告。警告是由于有危险。这是龙二对自己的提醒。房子到船上送龙二，手中拿了一把蛇皮伞，蛇皮伞倒下来，龙二去捡起伞。捡伞需要俯下身，这把蛇皮伞，让龙二下沉，坠落。

**桂枝** 龙二一直犹豫。他到了房子的家，看见家里体面的摆设，坐在藤椅上，去摸上面起伏的纹，觉得自己原来和这些东西毫无缘分，突然又觉得这些物品，这样的生活会离他而去。他不断反复，质疑自己。

他感到自己生下来是一个属于大海的男人，在这房子里，自己又算什么人？

他走进房子的家犹豫是否要跨过这个门槛。这个门槛是从大海到陆地的槛。

**京京**　很可惜，他还是像许多男人一样，跨进了安稳的生活。

### 肢解水手

**京京**　因为水手要离开大海，放弃大海，要过陆地的生活。

**桂枝**　对于阿登来说，原来的龙二能将一切连接起来，他能够连接一条存在之环。因为龙二是水手，他可以将一切连接起来。龙二与妈妈发生关系，将妈妈与阿登，阿登与大海，妈妈与男人，男人与大海做了神圣的连接，阿登感到不能让这一切被毁掉。如果谁破坏了这个完美的存在之环，无论怎样残忍，他都要去干。故事一开头，便将故事的结局透露了。

**京京**　阿登对水手很不满，当他看见龙二拿起小酒杯喝新年酒，他觉得这一双原来握惯钢缆的手，拿着华贵的描金梅花的朱红色酒杯的那种样态是可怕的、粗野和鄙俗的。握惯钢缆的手是英雄的手，拿名贵小酒杯的手是鄙俗的手。

**桂枝** 这与社会的价值观不一样。现实生活中，手中拿着华贵酒杯的被人仰视，握钢缆的被人看低。而且，在一般人的眼中，水手做了家居好男人需要做的一切。他对未来的儿子友善，不暴力，没负债，有积蓄，把所有积蓄交给女人。为了迎接新生活，水手积极学习，穿上西服，学习外语。

**京京** 水手做的这一切，是因为他一直搞错了一点：他既要大海，又要女人。最后有了女人，他才明白拥有了女人，便不可能有大海和理想了。

**桂枝** 龙二心里想，大海就是女人，有一段是这样说的：

**随着轮船在这一切中前进，却又不断地遭到拒绝，虽然有着无穷无尽的水，却丝毫不能治愈干渴。**

水手在轮船上经历各种不测的变化，不断因风浪而不能顺利前进。女人虽然无处不在，却治愈不了水手的干渴，这种干渴是精神的干渴，女人解决不了。

当女人吻他的时候，水手觉得她就是海。他将她比喻为海。他以为她是梦想中的荣光，最后他才明白理想和荣光是被女人摧毁。

**京京** 他将女人、光荣、死亡混在一起了。当他得到女人之后,光荣和死亡却远远到了大海的深处,在那鲸鱼般哀婉的咆哮中,已经不再呼唤他的名字。他感到自己拒绝了的东西,现在正拒绝着自己。

**桂枝** 他拒绝了大海而到陆地,有了女人,大海拒绝了他。

**京京** 最后我们看到小孩杀了水手,但在那些小孩眼里,他们却是在将水手归回海上,他们是在拯救他,让他优雅从容地回归大海,让这个被大海遗弃的水手完整。

**桂枝** 小孩计划用一杯加了大量安眠药的红茶撂倒他,然后肢解他。那杯有毒的茶是苦的,而龙二一直认为光荣的味道都是苦的。所以他内心向往这种苦的、光荣的死亡。

**京京** 如果从扭曲的角度去看,小孩们帮龙二圆梦了,肢解是个完美的结局。

**桂枝** 这是一部小说,小说是虚构的。

## 小孩

**桂枝** 这群小孩什么都不怕,我们可以说是无法无天。

**京京** 他们反对稳定,反对权威,反对人类建立的规矩,厌恶陆地的生活。这些小孩认为在陆地的爸爸和老师犯了弥天大罪,因为大人建立社会的秩序,就像盲人一样指挥他们。被人打,是世界上最糟糕的事儿。因为挨打是代表你要服膺别人要你做的事情。人说什么,你便要做什么。

**桂枝** 小孩为了生存,就要服从。大人为了在社会立足,也要服从。你不能反对权威和既定的规矩,假如你反对,只能傻傻地挨打。

**京京** 他们提出了人类的无用性;还认为生存是完全没有意义的,所以必须颠覆目前的一切。龙二也说,他深信为了光荣,必须把世界反转过来,要么世界被颠倒,要么得到光荣,所以,小孩与龙二的想法是一致的。小孩们相信自己是唯一可以摧毁过去秩序的人。他们要用行动这样做。这帮小孩觉得只有他们了解世界应该有的秩序,只有他们有权力去执行。他们等不及,要马上行动。

**桂枝** 他们执迷于暴力和残忍,将肢解当作和谐。他们先肢解了一只猫。从猫被肢解的身体他们看见里面有半岛，有太阳，有珊瑚，从猫的心脏他们得到了全部，因为猫成了海。死亡将猫变成一个完美而自主的世界。他们要肢解水手，是从肢解猫得到的启示。

**京京**　他们不能容忍海中的水手背弃大海。大海，那完整的环不能被破坏。

**桂枝**　对于死亡，每个人的看法不一样。水手最后被肢解的结局，写下了三岛由纪夫对死亡不同寻常的理解。

# 书目

1 《白雪公主》，出自《格林童话》，[德] 格林兄弟 著。
英文版 — Jacob Grimm & Wilhelm Grimm, *The Original Folk and Fairy Tales of the Brothers Grimm: The Complete First Edition*, translated by Jack Zipes, illustrated by Andrea Dezsö, Princeton University Press, Annotated edition, 2016.

2 《沉思录》[古罗马] 马可·奥勒留 著，何怀宏 译，生活·读书·新知三联书店出版社，2020年。
英文版 — Marcus Aurelius, *Meditations*, translated by Martin Hammond, Penguin Classics, Penguin Random House UK, 2006.

3 《牛天赐传》，出自《幽默小品集》，老舍 著，译林出版社，2012年。

4 《西游记》，吴承恩 著，人民文学出版社，1990年。

注：相关书目按在文中出现的先后顺序排序，部分篇目的参考书目为英文版

**5** 《小红帽》,《格林童话》,[德] 格林兄弟 著。
英文版 — Jacob Grimm & Wilhelm Grimm, *The Original Folk and Fairy Tales of the Brothers Grimm: The Complete First Edition*, translated by Jack Zipes, illustrated by Andrea Dezsö, Princeton University Press, Annotated edition, 2016.
Roald Dahl, *Revolting Rhymes*, Viking Books for Young Readers, 2009.

**6** 《麦克白》,出自《莎士比亚悲剧五种》,[英] 威廉·莎士比亚 著,朱生豪 译,人民文学出版社,2020年。
英文版 — William Shakespeare, *Four Tragedies: Hamlet, Othello, King Lear, and Macbeth*, Bantam Classics, 2009.

**7** 《包法利夫人》,[法] 福楼拜 著,李健吾 译,人民文学出版社,2019年。
英文版 — Gustave Flaubert, *Madame Bovary*, translated with an Introduction and Notes by Geoffrey Wall, Preface by Michèle Roberts, Penguin Classics, 2003.
《福楼拜评传》,李健吾 著,广西师范大学出版社,2007年。

**8** 《灰姑娘》,出自《格林童话》,[德] 格林兄弟 著。
英文版 — Jacob Grimm & Wilhelm Grimm, *The Original Folk and Fairy Tales of the Brothers Grimm: The Complete First Edition*, translated by Jack Zipes, illustrated by Andrea Dezsö, Princeton University Press, Annotated edition, 2016.

**9** 《挪威的森林》,[日] 村上春树 著,林少华 译,上海译文出版社,2018年。

**10** 《套中人》,出自《契诃夫短篇小说选》,[俄] 契诃夫 著,汝龙 译,人民文学出版社,1992年。

**11** 《荷马史诗·伊利亚特》,[古希腊] 荷马 著,罗念生、王焕生 译,人民文学出版社,2015年。
英文版 — Homer, *The Iliad*, translated by Robert Fitzgerald, Farrar, Straus & Giroux, 2004.

**12** 《安提戈涅》，出自《索福克勒斯悲剧集》（全五册），索福克勒斯 著，罗念生 译，上海人民出版社，2020年。
英文版 — Sophocles, *Antigone*, Penguin Classics, 2015.

**13** 《沉香屑·第二炉香》，出自《张爱玲全集》（共14册），张爱玲 著，北京十月文艺出版社，2012年。

**14** 《午后曳航》，[日] 三岛由纪夫 著，许金龙 译，九州出版社，2015年。
英文版 — Yukio Mishima, *The Sailor Who Fell from Grace with the Sea*, translated by John Nathan, Vintage Classics, 1999.